これは僕が失った、二百十四回にも及ぶ一週間の恋の話だ。

そして――

これはわたしが手にした、四年に及ぶたった一度きりの恋の話。

Prologue
僕と彼女の出会い

「ねえ、由《よし》くん。わたしはあなたが――」

見ず知らずの女の子に声をかけられた。

春の日ざしのように暖かく、花を揺らす風のように柔らかな声だった。

思い返せば、僕はまずその声に惹《ひ》かれたのだと思う。

❀

時計の針が十時を過ぎ、十一時にさしかかろうとしていた。

参考書を詰め込んだ鞄《かばん》のベルトが肩に食い込んでやたらと痛い。お腹《なか》だってくうくう鳴っている。いつもならとっくに家に帰っている時間だ。

けれどもその日の僕は、どこに向かうというわけでもなく町をさまよい続けていた。

数時間前の出来事が、頭の中から離れない。

僕が逃げてしまった真《ま》っ直《す》ぐな瞳。

強い感情。

薄暗い放課後の教室で、クラスメイトである竜胆朱音《りんどうあかね》は僕に言った。

「あたし、ハルが好き。あたしと付き合って」

彼女の顔は見たことないくらい赤くなっていたのに、肩だって震えていたのに、その声だけは大きく、決して揺れることはなかった。

そんな彼女はいつものように魅力的で、綺麗《きれい》だった。

すごくすごく綺麗《きれい》だった。

だから、僕も好きだよ、なんて言えたらどれだけよかったか。

事実、僕は朱音のことを少なからず想《おも》っている。ただ僕のそれと彼女の好きは、同じものではない。色も形も重さも、多分、種類すら。

僕たちが胸に抱いた気持ちは等価値ではないのだ。

たったそれだけの事実が、想《おも》いを交わすことを拒んでしまった。

「ごめん」

やけに渇く喉を唾でごまかしながら、それだけをなんとか告げる。

朱音の首がゆっくりと垂れ、やがて俯《うつむ》いた。随分と長くなった髪が彼女の顔を隠してしまう。

それでも朱音は何度か口を開こうとしたけれど、想《おも》いは吐息に変わるばかりで、もう言葉を紡《つむ》ぐことはなかった。

僕も何も言うことが出来ず、頭だけを下げて空き教室から出ていった。

そこから先は覚えていない。頭の一部分が麻痺《まひ》したように働かず、家に帰ることもなく、ひたすら歩き続けた。

冬なのに、背中に汗が滲《にじ》む。世界は瞳の中で焦点を結ぶことなく、ぐらぐらと揺れている。

まるで止まり方など忘れてしまったみたいに、足は前へ前へと進み続けた。

そんな僕がようやく立ち止まったのは、なんの変哲もない空き地の前を通った時のこと。

いつの間にか変わっていた看板に気付いたからだ。

何年も前から更地だったこの場所で、次の春がやってくる頃にビルの建設工事が始まるらしい。そうか。ここ、なくなるのか。思い出と呼んでいいのか分からないけれど、ほんの少しの思い入れがある場所だった。

かつてこの場所に猫の遺体を埋めたことがあった。

真っ白な毛並みの綺麗《きれい》な猫。

眠っているように目を閉じた猫の小さな体に指の先が触れて、僕はあの時、生まれて初めてその概念を理解した。ああ、ここに命はもうない。抜け殻だ。固く、重く、何より冷たい。

中学生だった僕の前にあったのは、〝死〟だった。

どうすることも出来なかった。

それで多くの人がするように、自分の心を軽くする為《ため》だけに白い体に土をかぶせ、手を合わせたのだ。もう、四年くらい前の出来事になる。

気付いた時、足はふらりと空き地の中へと向かっていた。あの日のように手くらいは合わせておこう。このあてのない逃避を終わらせる為《ため》のきっかけにちょうどいい。そう思った。

そこで、僕は彼女に出会った。

あの真っ白な猫のようにとても綺麗《きれい》な女の子だった。雪と見間違う白い肌に、リンゴみたいな赤い頬。長い髪に雪の結晶が絡《から》まっている。

ひとひらの雪が名前も知らない女の子の頬に触れて溶けた。とても幸せそうに笑っているのに、たった一片の雪のせいで泣いているようにも見える。

彼女の形のいい唇が動き、やがて真っ白な言葉を紡《つむ》いだ。


——ねえ、由くん。わたしはあなたが好きです。


どうしてなんだろう。

どうして朱音の言葉では動かなかったものが、見ず知らずの女の子のたった一言で簡単に転がり始めるのだろう。余裕とか理性とかそんなものは全て、一瞬で吹き飛んだ。

その感情を前にして僕はあまりに無力だった。

僕の返答に彼女は笑った。

とてもとても嬉《うれ》しそうに。

それから少しだけ寂しそうに。

高校三年の冬のこと。

こうして僕は椎名《しいな》由希《ゆき》と出会った。

これが、僕と由希の出会いだ。
だから。
そう、だからこそ、僕は何も知らなかった。
由希があの時、どんな想《おも》いで僕に告白したのかを。
由希があの瞬間、どんな決意をして僕の前で微笑《ほほえ》んでいたのかを。
由希が僕に与えたものも、僕の手から溶け、零《こぼ》れ落ちていくであろうものも。
本当に何一つとして知らなかったのだ。

Contact.92

どこにもない約束

「突然だけど、お願いしてもいいかな？」

見ず知らずの女の子に声をかけられた。

学校からの帰り道でのことだ。

一度聞いたら忘れるのはちょっと難しいと思わせる、とても綺麗《きれい》な声だった。

「映画にね、連れて行って欲しいの」

小さな頃から見慣れた古いバス停。色あせたトタン屋根に、雨風にさらされ続けボロボロになった木の椅子。

そのそばに見慣れない女の子が立っていた。

オレンジとも黄色とも言えない街灯が、女の子の整った輪郭を黄金に縁取り、夜の闇の中から掬《すく》いあげる。どこか古臭い光さえも、彼女が纏《まと》えば何か神聖なもののように思えた。

僕が黙り込んだからか、彼女が可愛《かわい》らしく首を傾《かし》げた。

「聞こえなかった？」

気付けば、女の子の瞳に映る自分の姿がさっきよりも大きくなっている。近い、近い。なんでこんなにあっさりと懐《ふところ》に入り込めるんだ。戸惑いつつ、やけに渇いた喉に唾を滑らせる。

「大丈夫、聞こえてるよ」

呟《つぶや》いた声はしかし、思っていたよりもずっと小さく、かすれてしまった。

今度は僕の方が聞こえているか不安になった。

でも女の子は、そっか、よかった、とその豊満な胸をなでおろしたので、どうやらきちんと届いているらしい。

「わたし、椎名由希《しいなゆき》って言うの。よろしくね、春由《はるよし》くん」

「はあ、どうも。ええっと、椎名さん?」

「由希って呼んで」

そう言って笑う、椎名由希は驚くほど可愛《かわい》い女の子だった。

肩の辺りまで伸びた髪はパーマでもかけているのか、毛先は緩やかな曲線を描いている。肌は白く、そのせいだろう。何かをつけているわけでもないのに、血色のいい唇が目を惹《ひ》いた。

風が吹くと、彼女の髪が揺れた。不意に甘い香りがした。何だろう。少しだけ考える。やがて答えに辿《たど》りつく。ああ、桜の匂いだ。

途端に僕を襲ったのは、あまりに強烈な感情の奔流だった。痛くて、苦しい。それから熱い。心臓がぎゅうっと締め付けられる。

学生服の上から左の胸に手を置いて、彼女の希望通りに名前を呼んだ。いろんなものを、そう。本当にいろんなものをごまかす為《ため》に必要なことだった。

「由希。映画に連れて行って欲しいってどういうこと?」

「明日、映画を見に行くんでしょう?」

「……明日は平日だけど」

「うん、知ってる。でも、あなたの通う高校は創立記念日でお休みでしょう?」

とても当たり前のことのように、彼女は、いや、由希は言った。明日の給食はカレーでしょう、だって献立表に書いてあったもの。そんな感じ。

「その休みを利用して、あなたは映画に行くんだよね。その為《ため》のチケットを二枚、持っているんじゃない? それとも、もう誰かを誘っちゃった?」

「なんで由希がそのことを知っているんだ? 誰にも言ってないんだけど」

数日前に友人たちに遊びに行こうと誘われたことを思い出す。用事があるんだって言ったら、特に朱音《あかね》が理由をしつこく聞いてきたっけ。どーせまた一人で遊ぶんでしょう。あたしも連れてってよ。でも、僕は最後まで理由を話さなかった。

知り合いに見られるのは嫌だし、一緒に見るなんて拷問でしかない。何年経《た》ってもネタにされるのが目に見えている。

目の前の女の子はそんな僕の気持ちなんて知らないように、ふふっと薄く笑った。

「うーん。秘密かな」

「どうして?」

「だって、秘密のある女の子の方が魅力的でしょう?」

どうやらきちんと答える気はないらしい。

それでもいくらか待ってみたものの、やっぱり答えらしい答えは返ってこない。由希の笑顔だけがそこにある。僕が返答を待っているのを知っていて、あえて黙っている。

　根比べは僕の負けだった。

「誰も誘ってないよ。チケットはまだ二枚ある」

「じゃあ、連れて行って」

「どうして映画を見たいの？」

「……見ようって約束したから」

「誰と？」

　由希は変わらず笑みを浮かべ続けているだけ。ただ心なしか、さっきよりも少しだけ悲しそうに見えた。光の角度が変わったからかもしれない。

　僕が空を見上げると、由希もまた同じように顔を上げたのが分かった。

　いつしか夜の闇はずっと深くなっていた。

　雲は少なく、星々が瞬《またた》いている。ここで星座の一つでも見つけられたらかっこいいけど、残念ながら星を繋《つな》ぐだけの知識はなかった。

　どこまでも広がる夜空に、僕はまだ何も見つけられない。

「そっか。約束したんだ」

「うん」

「約束なら守らないといけないよね」

星座の代わりにそんなことを言ってみる。情けないけど、これが今の僕の精いっぱいだ。

「分かった。一緒に行こう」

「本当に？　ありがとう」

「確か、十時十分発の電車があったから、改札前に十時に集合でいいかな？」

「うん。大丈夫。明日、楽しみにしてるね」

僕たちは手を振って別れた。

一本しかない道を、由希は僕とは逆向きに歩いて行く。小さな背中が見えなくなってしまうのに、そう時間はかからなかった。

きっちりと彼女の姿が消えてしまうのを見届けた後、僕もようやく歩き出す。

頭の中で、出会ったばかりの女の子の姿が浮かんでは消えていった。

春の香り。華奢《きゃしゃ》な体。風に揺れる髪を押さえた指は細く、ガラス細工のように繊細だ。長いまつ毛に黒く深い瞳。形のいい赤い唇。そんなものを一つ一つ思い出し、そして。

由希の声が僕の中で輪のように広がった瞬間、足を止めていた。

疑問が一つ、はっきりと浮かんだから。

あれ？　僕、由希に名前を教えたっけ？

答えは当然返ってこなくて、はぐらかすように笑った由希の顔だけが頭の中に残り続けた。

高校一年の秋のこと。

こうして僕は椎名由希と出会った。

待ち合わせの三十分も前に駅に行ったというのに、由希の方が早く着いていた。これなら予定よりも一本早い電車に乗れるかもしれない。

なのに由希の方へと駆け出そうとした足は、それ以上近づくことを躊躇《ちゅうちょ》してしまった。

柱に背中を預け、ぼうっと何もない空間を見ている彼女の横顔は、高尚な芸術品に似た威圧感を秘め、誰も寄せ付けない雰囲気を纏《まと》っていたから。

よく見ると由希をちらちらと盗み見ている人はたくさんいたが、声をかけようとしている人はいなかった。彼女に声をかけるという行為には、やたらと勇気が必要だった。

ごくりと唾を飲み込む。手のひらの汗をズボンに押し付ける。さっき踏み出せなかった足を無理やり前に進める。ゆっくりと手を上げる。それからようやく、彼女に声をかけた。

「おはよう。早いね」

僕の声で、由希もこちらに気付いたようだ。手のひらで柱を押して、軽やかに駆けてくる。

「もしかして待たせた？」

「ううん。今、きたところだよ」

由希は、えへへっと笑った。

さっきまで彼女の周りを漂っていた棘《とげ》は、いつの間にか消えていた。思わずほうっと息があふれ出る。肺の奥底から込み上げたような熱い息は、透明な空気の中へ溶けていった。

「本当にごめん。次からは気をつける。女の子を待たせたらいけないよね」

「そんなこと気にしなくていいのに。由《よし》くんは真面目だなあ」

「由くん？」

「そう。春由だから、由くん。ダメ？」

「ダメじゃないけど、そんな風に呼ばれたことがなかったから」

基本的に僕は、名字の瀬川《せがわ》とか、ハルとか呼ばれることが多い。

妹の夏奈《なつな》や、父さん母さんもハル呼びだ。初めての呼び方はどことなくくすぐったい。

「じゃあ、わたしだけの呼び方だ」

由希は白い歯をむき出しにしながら笑い、僕の手をぐいっと彼女の方に引っ張った。

体が前のめりに倒れそうになるのを、なんとか耐えた。距離が一歩分、縮まる。

小さくて冷たい由希の手が、僕の熱を奪うかのように強く手首を握っている。ああ、握られているところだけが熱いや。顔を上げることが出来なくて、僕は自分のやけに汚《よご》れた靴の先をじっと睨《にら》んでばかりいた。

「さて、行こうか、由くん」

そんな出発の号令に反応して、昨日の僕がうっかり尋ね忘れていたことを思い出した。

「ところで、今日の行き先って分かってる？」

今日見る映画は、普通の、そう、例えばテレビでバンバンCMが流れているようなものとは違っているのだ。そもそも、上映場所だって映画館ですらないし。

でも、僕の不安を由希は一笑に付した。

「変なことを聞くんだね。矢坂《やさか》大学でしょう?」

矢坂大学は僕の住む町から二駅ほど離れた、やたらと坂の多い町の、一番急で、一番長い坂の上に建っている。

実際、電車からバスに乗り換えてから、

「あ、あそこでしょう。由くん、ほら、見て」

と由希が声をあげるまで、バスは坂道を十分近くも登り続けていた。

由希の指さす先に、立派な門とやけに大きな看板が見えてくる。

看板には『第六十回秋穂祭《あきほさい》』というやたらとカラフルでポップな文字。

ここ矢坂大学では、数日前の日曜日から一週間かけて文化祭が行われている。僕の持っているチケットは、この文化祭で上映される映画サークルの自主製作映画のものだった。

もう一年と半年も前、ある出来事がきっかけでたまたまチケットを手に入れたのだ。

門をくぐると、途端に空気が変わったのが分かる。

秋色に染まった葉の下で繰り広げられる非日常。

たくさんの出店があって、遠くからギターの激しい音が聞こえてくる。踊っている人だっている。あれはよさこいだっけ。鳴子《なるこ》の軽快な音が心地いい。本当のお祭りみたいだ。

門の前でお姉さんからパンフレットをもらった僕は、さっそく映画のスケジュールを確認しようとページを捲《めく》った。映画は三十分の短編映画で、休憩時間を合わせて一時間半に一度上映されているらしい。

次の上映開始時間まであと十分だから、急げばまだ間に合うかもしれない。地図で上映場所を確認しようとパンフレットをさらに捲《めく》っていると、ひょいっとそれを奪われた。

顔を上げると、二つのパンフレットを両手に一つずつ持った由希がいた。

「何するの？」

「由くんこそ、何してるの？」

「何って、上映場所を確認しようとしてたんだけど」

はあ。由希はため息をついて、何も分かってないな、って感じで首を横に振った。

「そんなの適当に歩いていれば見つかるよ。それよりせっかくのお祭りだよ。屋台があって、バンドもやってて、お化け屋敷《やしき》なんかもある。それを全部無視して目的地へ一直線なんてもったいないよ。きっとバチが当たるよ」

「バチが当たるのは嫌だな」

「だったらブラブラしよう。きっと楽しいから。ほら、行こう」

そんなわけで、僕たちは文化祭をまわることにした。

由希は出店のコーナーで小さな鼻をすんすんと鳴らし、甘い香りに誘われるがままにクレープ屋さんの列へと並んだ。苺《いちご》にするか、チョコバナナにするかたっぷり悩んだ彼女は、結局、選べなくて二つとも買っていた。僕は秋らしく、栗《くり》を使ったやつを選んだ。

「よく二つも食べられるね」

「あふぁいふぉのふぁふぇふふぁらふぁの」

口いっぱいにクレープを頬張った由希の言葉は、宇宙人の言語のよう。まあ、宇宙人と会ったことなんてないけどさ。

「何だって？」

今度はもぐもぐとしっかり咀嚼《そしゃく》し、それでもなお、何かを惜しむようにしてクレープを呑《の》み込《こ》んだ由希は力説した。口《くち》の端《はし》に、しっかりと生クリームをつけたまま。

「甘いものは別腹なの」

「由希、口のとこにクリームがついてる」

「ありゃ、失敬。こっち？」

「逆」

「こっちね」

由希は手のひらでぐいっと拭ったけれど、全然取れていない。

「ちょっと待って」

持ってきておいたポケットティッシュで、口の周りを拭いてやる。由希はされるがままになっていた。ただ時折、次の一口のタイミングをうかがっていたので、まだダメだからな、と釘《くぎ》をさしておく。全く、これだから女の子っていう生き物は。僕も甘いものは好きだけど、彼女たちの熱情は男のそれを容易《たやす》く凌駕《りょうが》している。

「拭き終わった」

「ありがとう。準備がいいんだね」

「いや、ポケットティッシュくらい高校生なら普通に常備してると思うけど」

「わたし、もうすぐ十七歳になるけど持ってないよ」

「じゃあ、由希は僕より一つ上なんだ」

「そうよ。先輩なんだから、敬《うや》まってね」

「口に生クリームをつけて言われても威厳がないんだよなあ」

「嘘《うそ》。まだついてるの？」

慌てて口もとを拭った由希を見て、僕は笑った。慌てたせいで力が入りすぎたのだろう。由希の白い肌が少し赤くなっていた。こすっていないはずの頬もほんのりと赤い。

「くく。もうついてないよ」

「うう。由くんは意地悪だ。すごく意地悪だ」

唇を尖《とが》らせ、由希は僕の少し前を歩いた。

華奢《きゃしゃ》な背中。ふわふわの髪。スカートから伸びる細い足。それらをもっと見ていたくて、僕はわざと由希の少し後ろを歩いていった。

由希はそのまま図書館へと入っていき写真部の展示を見始めたので、あっという間に彼女に追いついてしまったけれど。

たくさん並んだモノクロ写真を眺め、お互いに気に入った作品を一つずつ言い合った。

僕は砂浜で男の人が高く高くジャンプしている写真を選び、由希は小さな女の子が独り商店街のアーケードにとり残されていた写真を選んだ。

広く切り取られた世界で、一人きりの女の子はとても小さく寂しそうに見えた。確かに何かを訴えてくるいい画《え》だとは思う。ただ、僕が抱く由希のイメージには合わなかった。彼女はきっと僕みたいに生命力にあふれた写真を選ぶと思っていたから。

「そうかな」

人気《ひとけ》の少ない図書館に、由希の声が小さく響いた。

「でも、きっとこれがわたしなんだよ」

文芸部のコーナーでは、同人誌を買って肩を並べて読んだ。どうやら小説の好みは似ているらしく、好きな作品は一緒だった。

由希はそれからも目についたものに何も考えず近づいて行くので、気付いた時、僕たちは敷《しき》地《ち》の一番端までできていた。喧騒《けんそう》は遠く、奥には古びた建物が一棟あるだけ。由希があれ、なんだろう、と隠れるようにひっそりと建っていたそれを目ざとく見つけたのだった。

かつて白かったはずの建物の表面は雨風のせいで変色し、名前すら知らない植物が壁に張り付いていた。緑色の物体は苔《こけ》だろうか。どことなく近寄りがたい感じがする。

由希に戻ろうと声をかけようとした、その瞬間、

「おーい、そこの少年。ちょっと待ってくれい」

聞き覚えのある声で、聞いたことのあるセリフで、呼びとめられた。

遠くからでもその大きな体が確認出来る。

少なくとも三日は剃《そ》っていない無精ひげ。髪は後ろで結んでいて、長く伸びた前髪の隙間から、子供みたいにキラキラとした瞳が覗《のぞ》いている。

一年以上も会っていなかったのに、全然変わっていない。

カントクだ。

僕たちが今日見る映画の監督をしている人。

そして、僕に二枚のチケットをくれた人。

❀

カントクと出会ったのは、僕がまだ中学生だった時の春休み。

部活が休みで何もすることのなかった僕は、一人で近所の公園をブラブラと散歩していた。休日や夕方からは花見客でにぎわう公園も、平日の昼間は閑散としていて少し寂しい。

そんな静寂を破ったのは、やけに野太い声だった。

「おーい、そこの少年。ちょっと待ってくれい」

「え？」

呼ばれるがまま声の方へ振り向くと、熊みたいに大きな体をしたおじさんがこちらへ向かって全力疾走していた。ドタドタと慌ただしい音が聞こえてくるかのよう。その形相は一目で分かるくらい必死で、僕は思わず足を止めてしまった。それが悪かった。

今にも死にそうなほど息を切らしたその人は僕のそばまでやってきて、いきなり腕を摑《つか》んだ。

「いやー、助かった。ちょっときてくれ」

「な、何ですか」

「俺たちが今撮ってる映画のな、エキストラの人数が足りなくて困ってるんだ」

「いやいや、ちょっと待ってください。意味分かんないんですけど」

「分からないか、意味？」

きょとんとした顔で振り向いたおじさんの顔は、よく見るとまだ若かった。二十代の半ばくらいだろうか。ぎりぎりお兄さんと呼べるレベル。

「分からないですね」

「だから、映画のエキストラが」

「そういうことではなくて。どうして僕がついていかないといけないのかってことです」

「それもさっきちゃんと言っただろう？　お前が出てくれないと俺が困るって」

「……はい？」

「そんなわけで行くぞ」

「いや、だから」

問答無用で引っ張られていく。

それからは何をしても無駄だった。力の差は圧倒的であり、どれだけ必死に抗《あらが》ってもびくともしないのだ。三分くらい足掻《あが》いて、諦めた。

もう煮るなり焼くなり好きにしてくれ。


僕を呼びにきた男の人はこの作品の監督みたいで、カントクと呼ばれると、途端にさっきまで僕に見せていた顔とは全然違う表情をした。雰囲気ががらりと変わる。少しだけかっこいいと思ってしまったのが、なんとなく悔しい。

撮影は公園のベンチで行われていた。

僕に与えられた役どころは通行人A。

主人公たちの後ろを歩くだけで、セリフもなく、アップで映ることもない。それでもどのタイミングでどこを見てとか、このコースをこれくらいのペースで歩いてとかの指導を受けた。

ワンシーンの撮影だからすぐに終わるだろうなんてタカをくくっていたのに、蓋を開けてみればなんと四時間近くも拘束される羽目になった。何度も撮り直したせいだ。

機材の片づけをする頃、空は藍に染まりどんどんその色を濃くしていた。あと十分もすれば、世界は完全に夜に沈んでしまうだろう。瞬《まばた》きの間にも、ほら、夜の侵食は進んでいる。

「こんなとこにいたのか。お疲れさん」

声の方へ振り向くと、カントクがこちらにやってきた。どうやら僕を探していたらしい。

「長かったですね」

「助かったよ。まあ、少年が出るのは十秒くらいなものだけどさ。やっぱり、妥協はしたくなかったからな。あ、これ。お礼な」

カントクはそう言って、ポケットからコーンスープの缶を取り出した。日が落ちて寒くなってきたので有難《ありがた》く貰《もら》うことにする。まだ温かい。両手で包むと、手のひらに熱が広がっていく。

「ありがとうございます」

「それから、チケットも。来年の秋にある文化祭で今日撮ったやつを公開するから見にこいよ」

「来年？　今年じゃないんですか？」

「今年は多分、間に合わねえから。来年、この作品を作り終えてから俺は大学を卒業するんだ」

長方形に切られたカラーペーパーに、『第六十回秋穂祭映画上映会チケット』と手書きで書かれている。『第五十九回』の部分に二重線を引き、その上に書かれた『第六十回』の文字は、カントクの決意を表すかの如《ごと》く他の文字よりも大きかった。

その横には大学の名前が彫られた印鑑。矢坂大学という正方形の赤い文字は、少しかすれていた。噂《うわさ》に聞いたことがある。何でも地獄のような坂の上に建っているとかいないとか。

「二枚もありますけど」

「恋愛映画なんだ。誰か気になる女の子でも誘ってこいよ」

こうして僕の手もとには、二枚のチケットと一つのコーンスープの缶が残った。四時間の労働の対価としては安すぎるような。でもまあ、貴重な体験をさせてもらったわけだからいいか。

手を振り僕から離れていくカントクの背中を見ながら、スープをすする。少しだけぬるくなったスープは猫舌の僕にはちょうどよかった。

空には、一番星が輝いていた。

宵の明星だっけ。

僕は金星の小さな光の方へと歩き出した。

❀

「少年、きたか」

手招きして僕たちを呼んだカントクは、その大きな体で長椅子の三分の二くらいを独り占めしていた。机の上には、十数枚の映画のチケットや秋穂祭のパンフレットなんかが散らかっている。何度も読み直したのだろう、映画雑誌の表紙を飾る女優さんの顔は随分とかすれていた。

「お久しぶりです。ここで上映してるんですか？」

「ああ。このサークル棟の一番奥の部屋が俺らの部室だ。ちなみに二階の方な。ん？」

そこでカントクはようやく由希に気付いたらしい。惚《ほう》けたように、由希の姿を上から下まで何度か見て、視線を外さずに僕だけを呼んだ。

「少年、ちょっとこっちこい」

「はあ」

言われるがままにカントクのそばに行くと、そのままサークル棟の端へと引っ張られた。

由希からは少し離れているので、普通に話していても声は聞こえないだろう。なのに、カントクはやたらと小さい声で、なんだ、あの子。めちゃくちゃ可愛《かわい》いじゃねーか、と言ってきた。

「まあ、そうですね」

「少年とどんな関係なんだ」

「一応、友達ってことになるのかな。なんでもこの映画が見たかったみたいで、どこから聞いたのか、僕がチケットを二枚持っていることを知っていて。それで」

「俺のファンとかかなあ」

デレっとカントクが相好を崩す。

「違うと思いますよ。なんかこの映画を見ようっていう約束があったみたいです」

カントクのにやけ顔がなんとなく気に入らなくて、必要以上に強く否定していた。

「誰と？」

「さあ？」

二人並んで由希を見る。

由希は長机に置かれた雑誌を捲《めく》っていた。読んでいるわけじゃないだろう。紙を捲《めく》る感触を、その音を、楽しんでいるという感じ。

「画《え》になるよなあ」

しばらく品定めするみたいに由希を見ていたカントクが呟《つぶや》いた。

「ああいう子は本当に稀《まれ》なんだよ。可愛《かわい》いだけじゃない。綺麗《きれい》なだけじゃない。人を惹《ひ》きつける何かを持った子っていうのはさ。ということで、少年。映画に出てもらえないか交渉してくれないか？」

「嫌ですよ。自分で頼めばいいじゃないですか」

「だって、なあ」

「だって、何なんですか？」

「……あんな可愛《かわい》い子に拒絶されると辛《つら》い」

「はあ？」

僕は真剣に、本気で、顔をしかめた。

ちょっと待ってくれ。何言ってるんだ、この人は。ていうか、僕を無理やり連れて行こうとした図太い神経はどこに行ったんだよ。

「男ってそういう生き物だろう。美人の前では皆、臆病者に変わる」

「何を格言みたいなことを言ってるんですか」

思わず突っ込むと、カントクの丸い目がじっと僕を映していた。

「少年、なんか変わったな」

「え？ そうですか？」

「ああ、変わった。前はなんていうかチョロかった。強引に頼めばなんでもやってくれそうな感じがした。でも、今は少し違うな。自分の感情を口に出来るようになった」

「それはいいことなんですかね？」

「当たり前だろう。流されてばかりのやつじゃ何も摑《つか》めないからな。欲しいものは強引にでも手繰り寄せなきゃいけないんだ。そんなわけで、頼むよ。これ以上断るなら土下座するぞ。いいのか、それでも」

なんで僕にそれが出来て、由希には出来ないのか。

まあでも、僕だって男だ。実はカントクの気持ちが分からないでもない。

「なら、こうしましょう。紹介まではします。でも、交渉は自分でしてください」

「ちえ、分かったよ」

「由希」

名前を呼ぶと、由希は雑誌をぱたんと閉じて、体を左右に揺らしながらこちらへやってきた。

「内緒話は終わった？」

「うん。それでさ。この人、実は僕にチケットをくれた人で今日見る映画の監督なんだけど、ちょっとお願いしたいことがあるらしくて」

「わたしに？」

「ほら、カントク」

「お、おう」

大きな背中を力いっぱい押してやる。

巨大な岩を触ったみたいに固くて、熱くて、びくともしなかった。それでも少しの勢いにはなったらしい。

「きょ、きょきょ、今日は映画を見にきてくれてありがとうございます」

「はい。楽しみにしています」

由希がにっこりと笑うと、カントクの顔が真っ赤に染まった。体も小刻みに揺れている。あまりに早すぎる限界だった。まさか、ここまでとは。

仕方なくカントクの代わりに口を開こうとすると、それよりも早くカントクは言った。

「それで、あの、もしよかったらですね。今度、俺の映画に出てもらえないでしょうか？」

由希の方へ大きな手が差し出される。

「お願いします」

「うーん」

「ダメですか？」

「うーん」

「どうか、この通り」

由希は少しだけ意地悪そうに笑った。

「とりあえず、映画を見てから決めていいですか？」

小悪魔の笑みとかいうやつだった。


二十人くらい入れそうな部屋に、十二個のパイプ椅子が置いてあった。四つの椅子が三列に並び、僕たちは二列目に腰を下ろす。床が古いせいか、椅子がガタガタと揺れて落ちつかない。僕たちの他にもあと三人ほど客がいて、開始時刻と同時に部屋の明かりが落とされた。

学校の授業でも使われる会議用のスクリーンに、やがて映像が映し出される。

淡々と続く日常の中で、男の子と女の子が出会い、別れ、そしてまた出会うだけの、どこにだって転がっている物語。

宇宙人が攻めてくることもなく、怪獣が町を壊すこともなく、世界は何の危機に陥ることもなかったけれど、何かがきちんと宿っていた。

僕が映っていたのは、喧嘩《けんか》別《わか》れをして悔やんでいた二人が公園のベンチで再会する重要なシーンだった。ピントはズレているが、僕だと分かる。たった一人で歩いている。

僕が出ていることに気付いたのか、由希が脇腹をつんつんと突いてきた。

いたずらする由希の指を摑《つか》んで、僕は彼女の方をちらっと覗《のぞ》いた。

隣の由希は、けれどもこちらを少しも見ていなかった。ずっとスクリーンばかりを見ていた。とてもとても真剣な目で。

こう言っては悪いけど、たかだか文化祭の自主製作映画だ。そこまで真剣に見るものではない。なのにどうして、由希はそんなに真剣に見ているのだろう。

暗闇の中、映画の光で縁どられる由希の横顔はとても綺麗《きれい》で、残りの五分間、僕はずっとその横顔に見惚《みと》れていた。


正門前のバス停に辿《たど》りついた時、ちょうどバスが角を曲がっていくのが見えた。テールランプの赤い光が小さくなって、やがて消えた。

次のバスは十分後らしい。

僕と由希以外には誰もいないバス停で、僕たちはプラスチックのベンチに腰掛けた。

「由くん、すごく緊張してたねえ」

由希はニヤニヤと笑いながら言った。でも映画は面白かったね、と。

「最後の主人公の告白がいいよ。いいなあ。わたしもあんな情熱的な告白をされてみたい」

嬉々《きき》として語る由希の感想を、僕は聞き流していた。映画の感想よりも聞きたいことが一つあって、そのことばかりを考えていたのだ。聞こうか、聞かないでおこうか。散々悩んだことだけれど、結局、疑問は僕の口から流れ出た。

「だったら、どうしてカントクのお願いを断ったんだ？」

❀

十数分前の出来事だ。

部室から出てきた僕たちを、カントクは待っていた。

「映画、どうでした？」

「はい。すごくよかったです」

「本当に？」

緊張していたのだろう、カントクは深い息を吐き出した。ぐっと右手を強く握ったのが分かった。ぱあっと笑顔が輝いた。

由希も笑って頷《うなず》いた。

そして、やっぱり奇跡は起こりませんでしたね、そう言った。

「だから約束通り、お断りしようと思います」

「え？」

隣で成り行きを見ていた僕も、輝いた顔をしていたカントクも、由希が何を言ったのか分からなかった。由希がなぜそういう答えに至ったのか、その理由が分からなかった。

僕たちの表情で何を考えているのか悟ったのだろう。

言い間違いでも聞き間違いでもないことをはっきりさせるように、もう一度由希は告げた。

「ごめんなさい。映画に出ることは出来ません」

頭を下げ、サークル棟からさっさと出て行く。

僕は呆然《ぼうぜん》と立ち尽くすカントクと由希の背中を何度か見比べ、由希と同じようにカントクに一度頭を下げてから、彼女の背中を追いかけた。

❀

僕の質問に由希は、約束したから、と答えた。

「ねえ、由くんの目から見て、台無しなシーンはあった？」

「……なかった」

「だったらやっぱりわたしは映画に出ないよ。約束だもの」

「意味が分からないな。一体、誰とどんな約束をしたって言うんだ？」

由希の目は、彼女の少しすれた赤い靴の先を追いかけている。二つの靴の先はまるでキスでもしているかのように、くっついたり離れたりを繰り返す。

「ついでだからもう一度聞くけど、由希はさ。この映画を誰と見ようって約束したんだ？」

由希は息を吸い込み、上を向いて吐き出した。それから揺れる足を止め、立ち上がった。

自動的に由希を見上げる形になる。沈む夕日が逆光になって、その表情は分からない。

「わたしたちはね、どこにもない約束をしたの。過去、現在、未来のどこにももう、その約束は存在しない」

「どういうこと？　由希は約束をしたんだろう？」

「確かに約束をした。でも、もう存在しないの。したことさえなくなっちゃった」

「よく分からないんだけどさ。だったら守らなくてもいいんじゃないのか」

「ううん。それでも、わたしにとっては大切なことだから」

由希の声にはきちんと何かが宿っていた。強固なものだった。それは決して僕にどうにか出来るものじゃない。それだけははっきりと分かった。

やがてバスがやってきた。

由希が、ん、とこちらへ手を伸ばしてくる。僕はその手を出来るだけ優しく掴《つか》み立ち上がった。由希の手は細く冷たく儚《はかな》かった。少しでも力加減を間違えてしまえば、たちまち壊れてしまいそうなほど。

「よかったら、明日もわたしと会ってくれる？」

「学校が終わった後になるけれど、それでもいいなら」

「もちろん」

「じゃあ、明日も会おう」

僕たちは約束した。

確かにこの世界に存在する約束だった。


次の日も、その次の日も僕たちは一緒にいた。

本屋に行ったり、図書館で勉強に付き合ってもらったり。

由希はすごく勉強が出来て、僕が解けない問題を根気強く教えてくれた。

気付けば、由希と出会ってから一週間になろうとしていた。

「由くんはさ、いい子だよね」

「おだててもお茶までは出ないけど」

勉強を見てもらったお礼に、コンビニで肉まんをおごったところだった。

「ちぇ、出ないのか」

寒いねえ寒いねえ、なんて下手くそな音頭《おんど》をとりながら、次第に明かりの灯《とも》っていく町を僕たちは歩いた。寒いのって苦手なの、と口にした由希は、手をこすり、指の先に息を吐きかけていた。日に日に季節は冬に近づいている。今日より明日。明日より明後日《あさって》は、きっと寒い。

郵便局の前を通り過ぎ、駅まであと少しというところまでくると、まるで解き方を間違えた問題を正すような優しい口調で、由希はこんなことを言った。

「ねえ、由くん。あんまりわたしのことを信用しちゃダメだよ」

「どうして？」

「わたしはあなたに、とてもひどいことをしようとしているんだから」

言って、由希は首を横に振った。きゅっと強く目を瞑《つぶ》り、三秒が経《た》った。やがて開かれたそこには不思議な光が宿っていた。あれはなんだろう。戸惑い？　恐怖？　怒り？　あるいは決意だろうか。やがてその光も霧散していく。

「ううん。何でもない。忘れて」

由希は顔を隠すように、一つ二つと僕の前へと駆けて行った。

「明日も会える？」

なんとなくこのまま由希が消えてしまいそうで、僕は彼女の背中へと声を放った。

途端に由希がくるりと回って僕の方を向く。スカートが風を孕《はら》んで少し膨らんだ。髪がないた。まるで踊っているかのようだった。初めて会った日と同じく、心臓がドクンと痛んだ。

「えへへ。初めてだね。由くんの方からそうやって約束してくれたの」

「そんなに喜んでもらえるなら、明日からずっと僕が誘おう」

「本当に？」

「約束する」

「嬉《うれ》しいな」

いつものように、由希とは駅前で別れた。

由希はちぎれるんじゃないかってくらい手を振っていた。僕もまた力いっぱい振り返す。二人の距離が少しずつ、でも確実に離れていく。

いくらか距離が離れた頃、由希は手を下ろし、僕の名前を呼んだ。

「由くん」

瞬間、僕の体は凍りついたみたいに固まってしまった。

由希はさっきまでの笑顔が嘘《うそ》のように表情を変え、とても小さな声で何かを呟《つぶや》いた。

雑踏の中でその綺麗《きれい》な声はかき消され、僕のところまで届かない。

でも、唇の動きで何を言ったのかは分かった。

最後の瞬間、由希はとても悲しそうな顔でこう言ったのだ。


——うそつき。

Contact.33

夏の、一番暑い日

「頑張るんだね」

見ず知らずの女の子に声をかけられた。

グラウンドで百メートルをちょうど五本、走り終えた時のことだ。

日ざしの熱が和らぐ夕時の空気に似た、どこか甘い感じのする声だった。

全力で走り終えたばかりで息が上がり何も答えられずにいると、女の子は僕に近づき、タオルを渡してくれた。差し出されたものを反射的に摑《つか》んでしまったけれど、これは使ってもいいのだろうか。タオルからは柔軟剤の甘い匂いがして、躊躇《ちゅうちょ》してしまう。

「汗、ふかないの？」

黙っている僕を前に、彼女が可愛《かわい》らしく首を傾《かし》げた。髪が頰にかかって、少しだけ擽《くすぐ》ったそうにしている。綺麗《きれい》な人さし指の先がその柔らかそうな頰に触れ、細い髪をすっと剝がした。

「いいの？」

「もちろん。その為《ため》に渡したんだから」

女の子がおかしそうに笑うと、印象がいくらか幼くなった。彼女の纏《まと》っている雰囲気が柔らかくなったからだろう。

不意に戸惑いはどこかへ行ってしまい、肩の力が抜けていった。

それでもまだ鼓動はいつもより少しだけ速い。

走り終えた後っていうのはいつだって、呼吸はし辛《づら》いし、きついし、心臓が痛いほど速くなるものだ。陸上部に入ってから、もう何百回、何千回と経験している。でも、どうしてだろう。今回はいつもと少し違う。変な感じだ。

ただ、正確にどこが、というのは分からなかった。

こういうのを曖昧模糊《あいまいもこ》って言うんだっけ。

「じゃあ、遠慮なく。ありがとう」

女の子はどうぞ、と満足そうに頷《うなず》いていた。

「わたし、椎名由希《しいなゆき》って言うの。よろしくね」

「ああ、どうも。僕は瀬川春由《せがわはるよし》」

名乗ると、椎名さんは口の中で春由春由と小さく呟《つぶや》いて、

「よし、今日から由《よし》くんって呼ぶね」

いきなりそう宣言した。

「ハルとかじゃなくて？」

「嫌だった？」

「嫌じゃないけど、誰もそんな呼び方はしないからさ。ちょっと驚いただけ」

「誰も呼ばないからいいんじゃない。わたしだけの呼び方だもの。ねえ、わたしのことは由希って呼んでね」

「由希さん？」

「さんはいらない。由希だけでいいの」

「じゃあ、遠慮なく、由希。一つ聞きたいことがあるんだけど」

と、由希はふいっと僕から視線を外し、少し離れたところにいるサッカー部の連中を見た。

さっきから彼らが由希の方をチラチラと見ていたことに、どうやら彼女も気付いたらしい。

「何かな？」

「君、うちの中学の生徒じゃないだろう？」

「……よく分かったね」

いきなり由希に見られたものだから慌てたサッカー部は、練習を再開した。ボール回せ。うす。走れ。うす。次、ミニゲームやるぞ。うす。大きな声がグラウンドに木霊《こだま》している。

「あの子たちは由くんの友達？」

「友達というか、後輩かな。特に接点はないけど。僕は陸上部だし、仲のよかったサッカー部の同級生たちは少し前に、揃《そろ》って引退したよ。三年なんだ」

今頃は、クーラーの利《き》いた部屋で、サッカーボールではなく教科書に書かれた文字を追いかけているだろう。受験生。三年生と比べると、ひどく嫌な響きになってしまう。

学校は今、夏休みの真っただ中だ。

全てを真っ白に染める夏の強い日ざしに僕は目を細めた。

ソフトクリームに似た積乱雲が正面に漂っている。

熱気のせいで、グラウンドはゆらゆらと揺れている。

どこからか蟬《せみ》の鳴き声が聞こえて、気温が一層高くなったように感じた。

「それで？」

「何が？」

「どうしてわたしが在校生じゃないって分かったの？」

「ああ、それは簡単なことだ。だって、僕は君に見覚えがない」

「由くん。全校生徒の顔でも覚えてるの？」

由希は驚いたように聞いてきたが、もちろんそんなわけはない。

全校生徒どころか、同級生だって知らない奴《やつ》がいるくらいだ。ただ仮に由希が同じ学校の生徒だった場合、知らないわけがなかった。

理由はすごく単純なこと。

真っ白な肌に、ショートボブの髪はわた菓子みたいにふわふわしている。まつ毛はくるんと上を向いていて、大きな瞳は黒く深い。今まで見たどんな女の子より、彼女は特別だ。

こんな子がいたら、入学当初から騒がれているに決まっている。

可愛《かわい》い女の子のチェックは、僕を含め全男子生徒の必須科目なのだ。

ただそんな理由を堂々と話せるわけもなく、そんなところ、と僕は言葉を濁した。

「ふうん。失敗したなあ。在校生の振りをするはずだったのに」

「心配しなくても先生に言ったりはしないよ」

由希は足もとに転がっていた石を蹴った。石はいくらか跳ねて、僕たちから二メートルくらい離れたところで止まった。彼女はわざわざ動いてまで石を蹴りに行こうとはしなかった。

「いや、そういうことじゃなくて。由くんがわたしのことを同じ学校の子だと思ってた方がなんだか楽しくないかな？」

「どういうこと？」

「そっか。分からないか」

やがて三時を告げるチャイムが鳴った。

「そろそろ走る？」

僕の首にかかっているタオルの端を由希は握り、するりと滑らせた。タオルが外れ、首もとが少し涼しくなる。

「洗って返すよ」

「いいよ。気にしないで」

行ってらっしゃいの代わりにひらひらと手を振る由希に、僕はそれ以上詰めよることは出来なかった。もう一度お礼を告げてから、スタート位置へと戻って行った。

スタートラインに立って、いつものようにふうと息を吐き出す。目の前には、カミソリで切ったみたいな影がくっきりと張り付いている。僕はそいつを睨《にら》みつけた。そいつは僕がどれだけ一生懸命走っても、少し前を軽々と行ってしまうのだ。決して追いつけない。悪夢のようだ。

それなのに走り続けているのはなぜか。

「ねえ」

いつの間にか、ちゃっかりと木陰の方へ移動していた由希が尋ねてきた。

「陸上部も三年生は全員引退したはずなのに、どうして由くんはまだ走り続けているの？」

まるで僕の心を読んだかのようなタイミングだ。

僕は答えずにっこりと笑って、クラウチングスタートの為《ため》にラインにそっと手を置いた。太陽の熱をたっぷり吸収した地面が皮膚を焼いているかの如《ごと》く、指先がひりひりと痛んだ。よーい。心の中で呟《つぶや》く。ドン。足に力を込め、走り出す。

中学三年の夏のこと。

こうして僕は椎名由希と出会った。

❀

もともと走るのが好きだったわけじゃない。

小学校の運動会では、大体、二番か三番だった。すごく速い奴《やつ》らに交じっての二位なら自慢も出来るけど、運動会の短距離走は同じくらいのタイムの人たちと走らされるので、何を言ったところで出された結果が実力の全てだった。

そんな僕が陸上部に入ったのは、竹下《たけした》というクラスメイトに出会ったから。

中学校に入学してから初めての席替えで隣の席に座った竹下は、僕と同じで新しい学生服に全然馴染《なじ》んでいなかった。

「これから毎日、こんなものを着なくちゃいけないのか。地獄だと思わない？」

日に何度も襟を触ってしまう気持ちはよく分かる。

つい数週間前まで機能性重視の軽く動きやすい服ばかりを選んでいた僕たちにとって、学生服はやたらと重く、窮屈だ。あと妙な気恥ずかしさみたいなものがあった。

「確かに。早く脱ぎたいよな」

同意すると、竹下は、お、と一瞬目を見開いて、それから妙に人懐《ひとなつ》っこい顔で笑った。

学生なんてものを六年もやっていれば、ある程度の勘が働くようになる。ああ、こいつとは友達になれそうだ。

よろしく、と差し出してきた竹下の手を僕は握り返した。

小学生の時から陸上部だったという竹下は、普段は寡黙なくせに部活のことになるとやたらと饒舌《じょうぜつ》になった。

最後の大会でライバルに勝ったこと。夏の合宿の思い出。暑さには耐性があるけれど、寒さに弱いので冬のトレーニングが辛《つら》かったこと。先輩にも知り合いが多いこととか。

陸上に興味はなかったけれど、一度だけ竹下に誘われて陸上部の見学に行ったことがある。

竹下は速かった。

百メートルなら三年生まで入れても部内で敵なしだ。

国語のテストで、十三点というとんでもない記録を叩《たた》き出《だ》した男とは思えない。つい一時間前までテスト用紙の抹消方法を必死に悩んだ男ではなかった。燃やしたら、さすがにまずいよなあ、なんてバカなことを口にしていた男ではなかった。

走る竹下は格好よかったのだ。それはもう、とんでもなく。

次の日、入部届けを持って行った僕を竹下は快く迎えてくれた。

思ったよりも楽しそうだったんだろう、そんなことを言う竹下はどこか自慢げで——。

僕は、そうだな、と頷《うなず》いておいた。本当の理由は、気恥ずかしさから言えなかった。まあ、男同士だ。わざわざ全部、言う必要もない。

新人戦では、さんざんな結果を残した僕と違い、竹下は表彰台の一番上に立った。快進撃は止まらず、一年生ながら地区予選を余裕で突破。県大会でも決勝まで残った。

さすがに決勝まで行くと竹下クラスのランナーはごろごろいて勝つことは難しかったけれど、一年後、あるいは二年後には期待がもてるような結果だった。まあ、こんなところでしょ、とへらへらと笑っていた竹下より、応援していた先輩たちの方がずっと悔しそうだったのが記憶に残っている。

三年生の引退の日、先輩たちが次々に語る言葉は、主に竹下に向けられていた。頑張れよ。

お前ならきっと全国にだって行けるから。涙を浮かべ、エールを贈る先輩たちに、竹下は、はい、としっかり頷《うなず》いていたっけ。

なのに竹下は二学期に入ってすぐに、あっさりと部活を辞めた。

竹下はもともと陸上に興味なんてなかったのだ。

あいつの目的は、同じ小学校出身の二つ年上の先輩だった。

竹下は彼女に恋をしていた。

結論から言うと、竹下の恋は実らなかった。

引退式の最後に、副部長と竹下の意中の先輩が付き合い始めたことを報告したからだ。

一年生ながら部で一番足の速かった竹下は、三年生ながら部で一番足の遅かった先輩に負けてしまった。ああ、そうだ。あいつは負けたのだ。それでもへらへらと笑っていた。おめでとうございます。微《かす》かに震える声で竹下はそう言っていた。県大会で負けた時、まあ、こんなところでしょ、と笑っていた竹下の声も思い返すと震えていたかもしれない。

あいつが退部届を持って行く時、僕は尋ねた。

今でも、どうしてあんなに感情的になったのか分からない。ただどうしても許せなかった。

「おい、竹下。お前、いいのか。勝負すらしていないなかったじゃないか」

竹下はやっぱりへらへらと笑っているだけだった。

「負けたままでいいのかよ」

苛立《いらだ》ちが募り、僕は叫んだ。

周りのクラスメイトが驚き、奇異の目で僕を見た。ひそひそと何かを言っている。普段の僕なら気にすることを、その時の僕は無視出来ていた。ただの雑音だった。僕が聞きたかったのは、そんな声ではない。クラスメイトの、部活仲間の、友達の本音だ。

でも竹下はへらへらと笑いながら、いいとも悪いとも言わないまま、去ってしまった。

僕の憧れた竹下の姿を、その背中からもう見つけることは出来ない。そこにあったのは、十三点のテストを受け取った時と同じ背中。勝者ではなく、敗者のもの。

あれから二年の月日が過ぎた。

部活は続けていた。僕にしては頑張った方だと思う。そして二年をかけてようやく、一年生だった竹下が懸命に駆けていた場所に辿《たど》りついた。僕が憧れていた男がしていたみたいにスタートラインに指を添える。体重をかけた指の先が赤くなる。

ピストルが鳴り、大地を蹴り出す。

懸命に走った。

だから、敗退してしまったことに悔いはない。

何より凡人の僕が県大会の決勝までこられたのだ。十分じゃないか。ああ、そうだ。十分だ。

なのに胸の奥がすっきりしないのはなぜか。

息をあげ、とめどなくあふれる汗が頬と首を流れて行く。鮮烈な太陽の光に目を細め、熱い空気をたっぷり吸い込み、僕はタイムを睨《にら》んだ。

最高の走りだった。

最高のタイムだった。

それでも竹下のタイムにあと0・1秒、届かない。

❀

次の日も、その次の日も由希はやってきた。スポーツドリンクやアイスなんかを持って。後輩に頼んでいたストップウォッチは、いつからか由希の手の中に収まっている。

「よーい」

由希が告げる。

足にぐっと力を込める。

「ドン」

同時に僕は駆け出した。

いい感じのスタートだ。前のめりだった体を起こしていく。体は軽く、足もぐんと前に伸びた。地面を踏みしめた力で、体を前に送る。腕を振る。由希の姿がだんだんと大きくなってくる。体のいくつかの場所に、痛みに似た熱が宿る。

何度も何度も短い呼吸を繰り返し、肺に酸素を取り込んだ。

ラストスパートだ。

歯を食いしばる。

前を行く影を睨《にら》み、追いかけた。

由希の横を通り過ぎた瞬間、ぴっと小さな電子音が聞こえた。

そこはもうゴールのむこう側。

果たして、僕は望む場所に辿《たど》りつけたのだろうか。

ゆっくりとスピードを落として立ち止まり、膝に手を置いて体を支えた。体の穴という穴から水分があふれ出ているような気がする。ああ、くそ。しんどい。

「はあ、はあ、はあ。どう、だった?」

「自己記録更新ならず。あとちょっとなんだけどなあ」

「あー、ダメかあ」

もう立っているだけの元気もなくて、僕はそのまま地面に倒れ込んだ。土の匂いがした。日に焼けている夏特有のものだ。汗で背中にシャツや砂が張り付いてきたけど、構うもんか。空は青く、世界は白く、照りつける光が肌を焼く。

酸素を欲しがる体が呼吸を深くさせ、心臓がどくどくと波打っている。胸が膨らんで、沈んで、また膨らむ。体に力が入らない。体と魂が乖離《かいり》しているかのよう。

「暑い」

僕が呟《つぶや》くのと、影が僕の顔を覆うのはほぼ同時だった。

「お疲れ。ちょっと休憩しようよ」

由希だった。

彼女の手にはスポーツドリンクとお茶のペットボトルが握られていた。どっちがいいと聞かれたので、スポーツドリンクを貰《もら》うことにする。礼を言いながら、上半身だけを起こし、ペットボトルを受け取った。

ありがたいことに蓋は開いていたので、そのまま口をつけて半分くらいを一気に飲んだ。

由希はお尻が地面につかないように器用にしゃがみ、ペットボトルの蓋を開けたり閉めたりしている。太陽でも見ているみたいに目を細め、やがて言った。

「何かさ、男の子って感じだね」

僕はもう一度ペットボトルに口をつけて、今度はゆっくりと飲み込んだ。ごくりと喉が大きく動く。冷たい液体が体の中心へ流れ込んでいく。

「そんな風に倒れてさ。服とか髪とかが汚《よご》れるのを気にしないんだよね」

「当たり前だろう、そんなの」

「当たり前かあ」

「もしかして汚い？」

「いいんじゃない？　わたしは恰好《かっこう》いいと思うよ」

不意に今朝のテレビで天気予報のお姉さんが今日は昨日よりも暑い日になりそうです、なんて言っていたのを思い出した。スポーツドリンクを飲みきり、立ち上がる。

「顔を洗ってくる。由希は影に入って休んでて」

なぜだか、喉の渇きがさっきよりも激しくなっていた。

わざわざ人気《ひとけ》の少ない中庭にある水道まで移動した。

頭から水を被《かぶ》って、熱を冷ます。髪が濡《ぬ》れて重くなったが、それでもいくらかすっきりする。そのままごしごしと雑に顔を洗うと、汗の混じった水が口に入って塩の味がした。最後に口をゆすいで吐き出し、蛇口から離れた。

濡《ぬ》れて束になった髪をかきあげ、校舎の影に入って一息つく。はあ。思わず息が漏れていた。壁に背中を押しつけ目を瞑《つぶ》ると、由希の笑顔が頭に浮かんだ。格好いいと思うよ。由希の声が耳の奥で何度も響いている。そのたびに幸福になり、胸が痛む。

走ることに集中しなければならないのに、一体どうしてしまったのだろう。

こんな感情は生まれて初めてだ。顔だけが未《いま》だ熱い。

しばらくして目を開けると、見知った顔が僕の前を横切った。やけに——とは言っても、普段と比べるとだが——暗い顔をしている。夏の大会で活躍した、今、学校で一番の有名人。

水泳部の竜胆朱音《りんどうあかね》だった。

「あれ、朱音。何してるの？」

僕の声でこちらに気付いたらしい朱音の表情の変化は、それはもう見事なものだった。一瞬でそれまで漂わせていた暗い雰囲気を自分の奥底にしまい込み、いつもとほとんど変わらない明るさを見せた。

「ん？　ああ、ハルか。ちょっと休憩。教室に忘れ物しちゃってさ、取りに行こうかなって」

なははは、なんて笑っているが、まあ、明らかな嘘《うそ》だった。そもそもそんな格好で校舎の中へ行くわけがない。

朱音が身につけているのは、学校指定のスクール水着だけなのだ。

機能性もデザインも最底辺のもので、性別に拘《かか》わらず不評な水着。本来紺色のはずのそれは、水をたっぷりと吸収して黒くなっていた。髪も肌も水に濡《ぬ》れ、タオルで拭いた様子すらない。短い髪の先に水がどんどん溜《た》まっては落ち、水をはじく肌の上をつーっと滑り落ちていく。

「何かあった？」

「……いや、別に」

「そう。まあ、何かあったら言いなよ。聞くくらいは出来るからさ。って、何、その顔」

驚いてるの、朱音が言った。

「まさか、ハルからそんなセリフを聞くことになるなんて」

確かに僕らしくないセリフだったかもしれない。

「夏だからね。僕も少しおかしいらしい。いや、ごめん。忘れてくれていい」

「そんな恥ずかしがらなくていいじゃん。でも、そーだね。じゃあ、お言葉に甘えようかな」

朱音は進行方向を変え、僕の隣にやってきた。

手を伸ばせば触れられそうな距離。でも手を伸ばさなければ届かない微妙な距離。朱音からは塩素の、いや、プールの香りがした。

僕と同じように壁に背中を預けた朱音は、やっぱり僕と同じようにふうと息を吐いた。ああ、涼しい。独り言のように呟《つぶや》き、すうと空気を吸い込んでいる。てっきり、そのまま何か話し出すのかと思っていたけれど、朱音はしばらく黙り込んでしまった。

どこからか吹奏楽の演奏が聞こえてくる。音の出処を探すと、二階にある渡り廊下の窓に、トランペットを演奏している二人の女生徒を見つけた。高く構えられたラッパから放たれた音が、夏の青にぶわっと広がっていく。

朱音が口を開いたのは、その演奏が一区切りついた頃だった。

「とは言っても、本当に何かあったわけじゃないの。ただ前ほどやる気が出ないってだけ。最後の大会で全国まで行けてさ、自己ベストも更新してさ、燃え尽きちゃったみたい。今日だって、先生に頼まれて後輩の指導にきてるんだけど。なんかね」

前みたいに泳げないんだ。

最後の方は聞き取るのが困難なほど、小さな声だった。

そんなことを言う朱音に、けれども僕は、大丈夫だよ、なんて呟《つぶや》いていた。朱音が僕の方を見たのが分かった。僕は吹奏楽部の二人を見ていた。演奏はまだ再開されない。

「だって、それでもまだ朱音は泳ぎ続けているじゃないか」

「これはもー習慣だから。歯磨きとかと一緒。しなかったらなんだか気持ち悪くなるの」

「うん。だから灯《ひ》はまだそこにある。小さくなって、分かりにくいかもしれないけど。まだ消えてない。何度だって言ってやる。朱音なら大丈夫。きっともっと遠くまで行けるさ」

朱音は僕や竹下とは違うから。

本当に本気で水泳に取り組んでいるから。

そんな続く二言は、口にはしないけど。

「……なんか、ハル、変わったね」

どこが、と尋ねると、前はそんなことを言うキャラじゃなかった、なんて言われてしまった。

「前までのハルなら、あたしが気付かなかったら、それこそ声をかけてなんてこなかったよ。何度無視されたか分からないし。みんなの輪の中にいても一歩引いた場所からみんなを見てるの。で、嘘《うそ》っぽい笑顔を浮かべて、当《あ》たり障《さわ》りのない言葉を言ったりしてさ。でも、今のは違った。分かるよ。今のはハルの本音だった。初めてかも。だから、ふふ。ちょっと、嬉《うれ》しい」

「夏のせいだよ。暑いから意識が朦朧《もうろう》として変なこと言ったんだ。ごめん」

「だから照れないでいいって。うん。でも、よし。ハルが太鼓判を押すなら、もーちょっと頑張ってみようかな。あ、そうだ。相談ついでに一つだけお願いしてもいい？」

「僕に出来ることなら」

「頑張れって言ってくれない？　あたしって、単純だし。多分、もっと頑張れると思うから」

「そんなことでいいの？　他のみんなにたくさん言われているだろう」

「ううん、違う。そんなことがいーの。だから、お願い」

「分かった。頑張れ」

朱音は目を瞑《つぶ》り、耳に全神経を集中しているかのようだった。

「うん」

「頑張れ」

「うん」

「頑張れ、朱音」

「うん。頑張る」

すっと目を開けた朱音は正真正銘いつもの人気者だった。明るくて、優しくて、不器用で、どこまでも真《ま》っ直《す》ぐな女の子。夏の太陽のように眩《まぶ》しい。

彼女を見ているると、つい目を細めたくなってしまう。

僕の左からやってきた朱音は僕の隣でUターンして、もときた方へと歩き出した。

と、少しばかりその体が小さくなったところで、なぜだかこちらを振り向いた。影を出て真っ白な強い光の中にいる朱音は、体中に光を反射する水滴を纏《まと》い、キラキラと輝いて見えた。

「ねえ、あたしも頑張るからさ」

そして僕に向かって、拳をぐっと突き出す。

「ハルも頑張れ」

「ああ、なるほど」

思わず、そんな言葉を呟《つぶや》いていた。

これは確かに。

少しむず痒《がゆ》くて、でも心地いい。

「どうしたの？」

「いや、これは確かに頑張れそうだなって思ってさ」

僕の返答に、朱音は少しだけ頬を赤く上気させ、得意げにこう言った。

「でしょ？」


朱音との会話でようやく取り戻した落ち着きは、しかしグラウンドへ帰った途端に一気に吹き飛んでしまった。

グラウンドの端にある大きな木の下に由希はいた。

誰かと話していた。

男にしては少し長めの髪が似合っている、なかなか格好いい奴《やつ》だ。サッカー部のユニフォームを着ているそいつの名前は確か、沢近《さわちか》だったか。クラスメイトの佐竹《さたけ》が、やたらと足の速いサイドが入ったんだ、なんて自慢していたのは三ヶ月前のこと。

少し離れたところでは、サッカー部の奴《やつ》らが数人、由希たちの様子をうかがっていた。その内の一人と目線が合うと、慌てた様子で散っていった。

何となく状況を把握する。由希はどうやらナンパまがいのことをされているらしい。あの容姿だし、別に不思議なことじゃない。

それを踏まえて、さて、どうするか。どうするのが正しいのか。

そこで、はたと気付く。

僕は今、どうかしたかったのか？

そんな疑問に、少しだけおかしくなる。

暑さのせいで僕は本格的にどうかしているらしい。らしくない。でも、まあ、悪くない。こういうのは、全然悪くないぞ。

話をしている二人の方へ近づくと、由希が僕に気付き、こちらに駆けてきた。

「どうしたの？」

「ちょっとね、面倒なことになっちゃって」

僕たちがそんな会話をしている間に、沢近もやってきた。それに反応して由希は僕の背に隠れ、入れ替わるように僕は一歩前に出た。

たったそれだけで、沢近は開きかけた口をつぐんだ。いや、つぐむしかなかったのだ。

体育会系の部活において、先輩とは神に等しい存在である。実際、沢近が由希に声をかけたのだって、僕がいない時だった。多分、タイミングを待っていたのだろう。

僕はにっこりと親しげに笑い、沢近に話しかけた。

「君、沢近だっけ。三年が抜けて、部活も大変だろう？　佐竹ってたまには顔を出すのか？」

内容はなんでもよかった。僕と、元サッカー部キャプテンである佐竹の関係だけが伝われば。

沢近は言葉の裏側にあるものをきちんと把握し、悔しそうにしつつもしっかりと頭を下げてから、部活仲間のもとへ帰って行った。


その日の練習おわり。

昨日までは僕が部室で着替えている間にふらっといなくなっていた由希が、正門の前に立ち空を見ていた。太陽が山の稜線《りょうせん》に沈みかけ、雲がオレンジ色を反射して、空一面が真っ赤に燃えている。傾いた日の光が、由希の影を長く伸ばしていた。昼間と比べると、その輪郭は少し曖昧で頼りない。目を逸《そ》らした瞬間に、消えてしまうんじゃないかと錯覚しそうなほど。

「あれ、どうしたの？」

声をかけると、由希はこっちを向いた。彼女の明るい髪が、光に濡《ぬ》れていた。笑顔がとても綺麗《きれい》だった。誰かの笑顔をこんなに綺麗《きれい》だと感じるのは、生まれて初めてのことだった。

「助けてもらったお礼をしようと思って。コンビニに行こうよ。アイスでもおごってあげる」

「いいよ。別に大したことはしてないし」

「嬉《うれ》しかったからお礼がしたいの。ダメかな？」

「別にダメではないけどさ」

「じゃあ、行こう」

返事も待たずに由希は校門に背を向けた。僕はその背中を追いかけ、隣に並んだ。

二つの影が揺れていた。ゆらゆらと揺れて、でも重なることはなかった。人一人分の隙間が、僕たちの間にある。なんとなく口にした言葉は、どこか卑屈な感じになった。何でだろう。

「由希って、やっぱりモテるんだね」

「そんなことないよ」

「でも、今日だって沢近に言い寄られてたし」

「ああ、あの子、沢近くんって言うんだっけ」

「名前、聞かなかったの？」

「……忘れちゃった。それに言い寄ってきたのは、きっと由くんがいたからだよ」

「いや、僕がいなかった時に声をかけられたんじゃないの？」

「そうじゃなくてね。わたしが本当に一人でいた時って、誰も声をかけてこなかったの。見られてるのは分かるのよ。でも、きっと。うん。その時のわたしは人間じゃないんだろうね」

独りだったの、由希は呟《つぶや》いた。どこか寂しそうな声だった。

彼女の孤独は、僕をもまた寂しくさせた。

「じゃあ僕がいなかった時は怪獣にでもなってるってわけ？」

だから僕はおどけた。怒ってくれていい。呆《あき》れられても、バカにされたっていい。

悲しそうな顔以外なら、そう、なんでも。

由希の悲しみを、孤独を、僕はどこか遠くへやってしまいたかったのだ。だってさ、今は僕が隣にいる。由希は独りじゃないのに。

由希は一瞬だけあっけにとられて、あははは と笑った。

僕の願い通り、悲しみを遠くへと放り投げた。

「そうよ。怪獣になって火を吐くの」

わざとらしく口を大きく開けた由希は、目を吊《つ》り上《あ》げた。があああ。喉の奥からそんな声を絞り出している。町を壊してしまうような迫力は全然ない。僕もまたふざけ続けた。

「町を壊す？」

「もちろん」

「ヒーローと戦ったり？」

「当然」

「で、僕といる時だけ人間に戻る」

「そう」

「どうして？」

由希の言葉が止まった。僕は再び尋ねた。

「どうして僕といる時だけ？」

由希はふざけた雰囲気を漂わせたまま答えた。

「由くんは変な人だから」

「はい？」

「わたしに声をかけてきた変な人は由くんだけだったってことだよ」

そっか、と話の流れで頷《うなず》きそうになったけれど、よくよく思い返してみればそんな記憶はない。声をかけてきたのは由希の方だ。

「待った。由希が僕に声をかけてきたんだろう」

「そうだったっけ？」

「ほら、僕が練習してる時にさ。頑張るのねって」

「あ、コンビニあったよ。ほら、行こう」

話の途中で由希は僕の手をとり、走り出す。二つの影が繋《つな》がった。由希の手はなんだか冷たくて、いつもより高くなった僕の熱で溶けてしまうんじゃないかと思うほどだった。

コンビニでアイスを買って、駐車場の影に腰を下ろした。早々に外袋を外し、青色のアイスキャンディーに齧《かぶ》り付《つ》く。歯をたて薄い膜を破ると、甘く味付けされた氷が出てきた。これが美味《おい》しいんだよな。思い切り嚙《か》み砕《くだ》くと、確かな歯ごたえと共に、心地よい音が響く。

「本当にそれでよかったの？　もっと高いのでもよかったのに」

「これ、好きなんだ」

「まあ、確かに美味《おい》しいもんね」

時間はもう夕時で、たくさんの人がコンビニの前を通り過ぎていった。

犬の散歩をしているお姉さんや、耳をすっぽりと覆うヘッドホンをしている高校生。早歩きのスーツを着たおじさんは、今からまた会社に戻るのだろうか。自転車を走らせる二人の少年がぎゃあぎゃあと叫びながら家路を急ぐ。

「由くんってさ」

そう呟《つぶや》く由希は、とっくにアイスを食べ終えた僕の隣で溶けかかったアイスを舐《な》めていた。

僕が見ていることに気付くと、こういうアイスを食べるのって苦手なの、なんてはにかんだ。

由希の言いたいことが別にあることは分かっていたので、アイスを食べ終えるのを待った。

しばらくして、僕と同じように木製のスティックを口にくわえた由希が続きを紡《つむ》いだ。

「誰と勝負しているの？」

「え？」

「誰か勝ちたい人がいるんでしょう？」

どこか確信めいた声。

「分かるの？」

「まあ、なんとなくね。だってずっと見てたんだもの」

「ずっとって？」

「ずっとはずっとだよ」

あはははと僕は何かをごまかす為《ため》に笑った。何言ってるんだよ、と。でも、由希は笑ってはくれなかった。じっと僕だけを見ていた。

僕の乾いた笑いは夏の空気に溶け、だんだんと小さくなっていき、最後には消えてしまった。僕はボロボロになった靴の先を睨《にら》んだ。途端に傷ついた靴の先がぐにゃりと歪《ゆが》んだ。びっくりした。視界の全てが、僕の見える世界の全てが、輪郭を曖昧にして揺れている。

瞬間、誰にも話すつもりがなかったことが、なぜだかするりと零《こぼ》れ落《お》ちた。

もう自分の中では整理出来ていて、納得していたことだと思っていたのに。

喉を通り、口から吐き出した言葉の数々は、脈絡もないぶつ切りにされた単語の羅列だった。

竹下という友人がいること。

足が速かったこと。

そいつに憧れの先輩がいたこと。

恋が実らなかったこと。

陸上をあまりにあっさり捨ててしまったこと。

声は震え、体は震え、視界は揺れ続けていた。口からあふれ出る感情をただ吐き出した。ぼたぼたと駐車場に黒い染《し》みが出来る。熱く、鋭い感情は、言葉という形を得てしまったからこそ、僕の中の柔らかいところを傷つけ続けている。

話し終えてからどれくらいの時間が経《た》っただろう。二分か、三分か。

「だから、あんな走り方になったんだ」

由希がぽつりと呟《つぶや》いた。

「どういうこと？」

「由くんの走りはいつだって全力だった。でも万全ではなかった。きっと竹下くんへの憧れが強すぎるせいね。だからいつもあと一歩が届かない。そうか、そういうことだったんだ。ようやく分かったよ。わたしに出来ること」

手のひらで思い切り目をこすって顔を上げる。世界はいつしか夜に染まっていて、立ち上がった由希の背後にたくさんの小さな光が瞬《またた》いている。昼も夕も夜も、彼女は美しい。

「ねえ、確認になるけれど、本当に由くんは竹下くんの記録を超したいの？」

「その為《ため》に走ってきたんだ」

「素直じゃないなあ。欲しいものがあるなら、ちゃんと欲しいって言いなよ。勝ちたいなら勝ちたいって言いなよ」

「……」

「ほら、言って」

「勝ちたい。僕は、竹下に勝ちたい」

「うん。いいよ。勝たせてあげる」

由希は僕の手から木の棒を抜き取り、代わりに自分の持っていた木の棒を僕に摑《つか》ませた。そこには『当たり』と書かれていた。当たりなんて本当にあるんだ。初めて見た。てっきり都市伝説だと思っていた。

「ラッキーね。由くんには幸運の女神がついているみたいよ」

自分で言ったくせに少し恥ずかしそうに笑った由希は、すぐに僕から顔を逸《そ》らした。後ろからでも少し赤くなった耳が分かった。


次の日は、突然やってきた豪雨のせいで学校に行くことは出来なかった。

その次の日もグラウンドのコンディションは最悪でとても走れる状況ではなく、僕がようやく由希に会えたのは、あのアイスを食べた夕方から三日後のことだった。

柔軟をすませ軽く走っていると、いつものように由希がやってきた。僕は由希の姿を見て固

まった。一方、当の本人は何でもない風に、やあ、なんて手を上げ、

「今日、今年一番暑い日になるらしいよ」

そんなことを言った。

「いや、それはいいんだけどさ。どうしたの、それ」

僕は由希の着ている服をさした。由希は、なぜだか僕と同じ学校指定の体操服を着ていたのだ。白い上着はうっすらと透け、下着の色や輪郭が何となく分かった。見てはいけないと思いつつも、視線はどうしてもそのラインに釘《くぎ》づけになる。

「買ったの」

「なんでまた」

「だって今日は汚《よご》れるかもしれないし」

「いや、聞きたかったのはそういうことじゃなくてさ、どうしてわざわざうちの体操服なわけ？」

「こっちの方が敷地内《しきちない》にいても怪しまれないでしょう。それよりも準備は出来た？」

今さらのような気がしたが、なんだか由希が嬉《うれ》しそうだったのでそれ以上はもう突っ込まず、頷《うなず》くだけにとどめておいた。思いがけない雨のおかげでゆっくり休めたし、体調だっていい。県大会で自己記録を出した時もこんな感じだったっけ。

「でも、本当に僕は竹下に勝てるのかな？」

「うん。大丈夫。由くんはいつものように全力で走って、ただわたしを信じて、わたしを見ていればいいの。簡単でしょう？」

妙に自信満々に突き出してきた由希の拳に自分の拳をコツンとぶつけて、それを返事にした。

それから由希はゴールへ、僕はスタートラインへ向かった。

いつものように目を瞑《つぶ》って、最高のスタートを切るイメージを頭の中で繰り返す。屈伸をし、足の腱《けん》をぐっと伸ばす。バクバクと体を内側から蹴りあげる心臓に手を当てる。ゆっくりと呼吸をし、夏の空気を肺いっぱいに取り込んだ。

目を開ける。

青い空が、白い光が、ゴールの横に立っている由希が、目に入る。

いつしか心臓は落ち着いていた。

スタートラインに立つ。スタートを切る準備をする。由希が手を上げる。前を見る。

「よーい」

全ての音が消えていた。

「ドン」

たった一つ。その声だけが聞こえた。

僕は走り出した。最高のスタートだ。前かがみの体勢のまま体を押し出す。スピードが乗ってきたあたりで上半身をしっかり立てる。風が流れる。景色が流れる。体は今まで感じたことのないスピードで、前へ前へと走っていく。

十メートルを超え、二十メートルを超える。はっ、はっ。地面を足の先で掴《つか》まえ、思い切り蹴りつける。

三十メートルが過ぎ、四十メートルも過ぎる。これは本当に行けるんじゃないか。

そして五十メートルを迎えた頃、僕はいつものように前を行く影を睨《にら》んだ。

決して追い越せない影。

僕はそいつに竹下を見ていた。でも、

「ヨォォォシィィイくぅぅうん。顔を、上げろおおぉぉぉ」

由希が僕を呼んでいた。

「前を、見ろおおぉぉぉ」

普段、こんな大声を上げ慣れてないのだろう。若干、裏返っている。

声の通り、僕は顔を上げた。ゴールを見た。由希がいた。顔を真っ赤にして、叫んでいた。

なんだ、あれ。何をしているんだ、由希は。

思わず笑ってしまった。

「わたしはここにいる」

両手を広げ、叫び続けている。

「飛びこんでこぉぉい」

由希は、わたしを信じて、わたしを見ていればいいと言っていた。

だから僕は由希を信じた。

由希だけを見ていた。

ああ、そうさ。それはとても簡単なことなんだ。だって――。

一歩進むたびに、由希に近づいた。なのに、もっともっと速くと思ってしまう。由希のところへもっと速く。一秒でもいい。一瞬でもいい。もっと速く。

世界の中心に由希がいた。

それ以外は何もなかった。

一歩、二歩、三歩。決してスピードはゆるめない。それどころか増していく。

最後の一歩はぐっと足に力を入れて、由希の言葉の通り、彼女が広げた胸の中へ飛び込んだ。

夏なのになぜだか甘い春の香りがした。桜の匂いだった。

瞬間、ピッという電子音が聞こえ、同時に世界がぐるりと回った。へ。自分の間抜けな声だけが耳の奥に残る。

気付いた時、僕は仰向けに倒れていて、由希が僕の首に手を回し、体の上にいた。恐らく地面に衝突する瞬間に体を捻《ひね》らせて、僕を下に敷いたのだろう。

「いってー」

打ち付けたのは背中のはずだが、体中が痛い。咳《せ》き込《こ》んでしまい、呼吸が出来ない。痛みに悶《もだ》えている僕の首から手を外した由希は、僕の心配など全くしてくれなかった。自分の手のひらを見てばかりいた。てっきり抱きとめてくれるものだと思っていた僕は、思わず叫んだ。

「何、するんだよ。背中、めっちゃ打っただろう」

でも由希は僕の言うことなんか意に介さず、満面の笑みで僕の目の前に手のひらを差し出す。

「ほら、見て」

何のことだか分からなかった。今は背中の痛みの方が重要だった。お腹《なか》に感じる由希のお尻の感触の方が重要だった。反応が微妙だったからか、由希は拗《す》ねたように唇を尖《とが》らせた。

「もっと嬉《うれ》しそうにしたら?」

「え。でも、何が?」

「タイム。ほら、ちゃんと見て」

何を言われたのか理解するまでに、およそ十秒。目の前の現実を受け入れるのに、さらに五秒。由希の手もとのストップウォッチに表示されたタイムに焦点が合っていく。

百メートルの新記録だった。

竹下のタイムを超えていた。

「何で?」

途端に涙があふれてきた。瞳の奥で、由希の笑顔が滲《にじ》んでいる。タイムレコードも滲《にじ》んでいる。ああ、もう見えないや。

「由くんにはもう竹下くんを超えるだけの実力はあったんだと思うよ。でも憧れが強すぎて、無意識に力をセーブする走り方をしていたの。ゴール前の五十メートルを切ると、途端に下を向くよね。そのせいでちょっとスピードが遅くなってた。前を向いたまま走ったらいいのにそれをしなかった。ううん。出来なかったんだよね。ずっと前を走っているはずの竹下くんが、前からいなくなっちゃうのが怖かったから。由くんは本当に竹下くんに憧れてたんだね」

僕は目を手で覆い、歯をぐっと嚙《か》みしめた。そうしないといろんなものが零《こぼ》れてしまいそうだったから。何より、由希にこんな顔を見られたくなかった。

「本当にすごい奴《やつ》だったんだ。あいつが今まで陸上を続けていたら、僕なんか目じゃないくらい速くなっていたはずなんだ。僕はそれが見たかった。ああ、そうだ。僕はあの竹下よりも速い竹下を見たかったんだなあ」

でも、そんなものはいなかった。

分かっていたことだ。あんなに努力して、願って、由希に協力してもらって辿《たど》りついたその先に、僕が望んでいたものは何もないなんてことは。それでも――

由希が僕の腕を剝がし目に溜《た》まった涙を、その長い親指で拭ってくれた。右に、左に。またすぐに溜《た》まる涙を、そのたびに。

視界が晴れて、僕はようやく辿《たど》りついた場所に何があったのかを理解する。

「おめでとう。由くんはよく頑張ったよ」

由希がいた。

その言葉があった。

多分、僕の頑張りはそれで全部報われたのだと思う。


帰りに僕たちはまたコンビニに寄った。

お礼に今度は僕がアイスをおごると言ったら、由希は何の迷いもなく三百円もするカップアイスを選んだ。いや、まあ、いいんだけどさ。少しだけ迷って僕もまた由希と同じアイスを選ぶ。由希は苺《いちご》で、僕はラムレーズン。今日くらいは奮発してもいいだろう。お祝いだし。

二人並んで前と同じ場所に腰を下ろすと、そこに蟬《せみ》の死骸が転がっていた。

もうじき夏も終わる。

由希はじっと命の宿っていない抜け殻を見続け、呟《つぶや》いた。

「蟬《せみ》ってさ、六年くらい土の中にいるんだよね」

「アブラゼミはそうらしいね。他にも十七年くらい地下生活を送る蟬《せみ》もいるって何かで読んだことがある」

「うん。それで一週間だけ地上で暮らして死んでいく。何か意味はあるのかな」

「……一応、子孫を残すっていう役割はあるけど」

「メスはね。でも、オスは違う。一匹のオスが何匹ものメスと交尾をしちゃうから、自分の子孫を残せないオスもいるよ。蟬《せみ》のメスは生涯に一度しか交尾をしないから。ねえ、そのオスの一生にも意味はあるのかな」

なんだか切実そうに由希が言ったから、僕もちゃんと考えて言葉を返すことにした。

「命の意味はそれぞれで、僕が軽々しく否定も肯定もしていいものじゃないと思う。だけどさ、きっと懸命に生きたはずだ」

「懸命に生きても、それだけじゃ意味はないよ」

「僕はそうは思わない。それは由希が教えてくれたことだよ。必死になってどこかに辿《たど》りつけば、そこに欲しかったものはなくても、別のものが見つかることだってある。僕も、見つけたんだ。それに蟬《せみ》って実は一月《ひとつき》くらい生きるらしい」

「うそ」

「本当。なんでも育てるのが難しいから飼育だと一週間くらいしか生きられないんだって。それで勘違いしてる人も多いけど、野生の蟬《せみ》は一月くらい生きるってさ。テレビでやってた。だから、きっと何かを見つけるさ」

最後の言葉は気休めだった。

由希に笑っていて欲しかったから言っただけの安っぽい嘘《うそ》。

正直、僕は蟬《せみ》がどう生きようと、どう死のうと、どうでもよかった。それでも由希が望むなら、僕は精いっぱい祈ろう。彼らの一生がどうか意味のあるものになりますように。

ようやく由希はカップを手に取り、少し溶けたアイスに口をつけた。美味《おい》しい美味《おい》しい、なんて言い続ける由希を見ながら、僕もまたカップのふたを外す。

「ん？　そういえば結局、由くんは何を見つけたの？」

「秘密」

さすがに言えるわけがなかった。だから代わりにこう言った。

「でも、僕はきっとこの夏のことを一生忘れないと思う」

いつか今日が過去になって、大人になって、遠く遠く色褪《いろあ》せてしまっても。

暑い夏の日。

流した汗と涙。

甘いアイスの味。

桜の匂い。

そして手に入れた大事なもの。

由希はプラスチックのスプーンを口にしながらこう呟《つぶや》いた。

陰になっていてその表情は見えない。

ただその声は少しだけ拗《す》ねているかのように聞こえた。


——うそつき。

ハルの香り

Contact. 12

「ねえ、ちょっといいかな?」

見ず知らずの女の子に声をかけられた。

駅前にある小さな本屋で、お気に入りの作家の新刊を探していた時のことだ。

緊張しているのか、どこか鋭く、それでいて硬い声だった。

「あの本を取って欲しいんだけど、お願い出来ない?」

彼女の細い指先が、本が詰め込まれた棚の最上段に向けられる。けれど、いろんな色のカバーが神経質そうに並んでいて、指をさされただけではどれだか分からない。

「どの本?」

「背表紙が水色のやつなんだけど」

「あ」

見つけるのと同時に、声を上げていた。

それは僕が今まさに探していた本に他ならなかったからだ。彼女の言葉通り、水色の本がたった一冊だけ、新刊コーナーではなく棚の中に収まっている。

「台ならそこにあるから」

僕の様子に気付くことなく、女の子はさっき棚をさした指を端に置いてあった踏み台へと向けた。僕の視線も指を追いかけ、棚から踏み台へ移る。

それから再び女の子の方へ。

ショートの髪が耳に少しかかっている可愛《かわい》い子だった。身長は僕と同じくらいだろうか。いや、もしかしたら僕よりも少しだけ高いかもしれない。取ろうと思えば、自分で出来るはずだ。

そうしない理由は、彼女の服装にあった。

ミニスカートをはいているのだ。

こんな恰好《かっこう》で高いところに上がれば、何かの拍子にスカートの中を覗《のぞ》かれることもあるだろう。なるほど。女の子にはいろいろと気を付けないといけないことが多いらしい。

言われるがままに踏み台を移動させ、水色の本に手を伸ばす。少しだけ背が足りなくて、背伸びをする。そうしてようやく指先が、真新しいつるんとしたカバーに触れた。作者の二年ぶりの新刊だ。それが今、手の中にある。しかし。

いくらかの複雑な想《おも》いを胸に抱きながらも、ようやく手にした本を女の子に渡した。

「ありがとう」

彼女は受け取った本を大切そうに胸に抱きかかえた。

「どういたしまして。その作者の本、好きなの？」

「うん」

「実は僕もなんだ」

出来るだけ卑屈にならないように気を付けたつもりだったけれど、声に混じった若干の不純物に今度はどうやら気付かれてしまったらしい。女の子の顔が少しだけ曇った。

「もしかして、あなたもこの本を探していたの？」

「まさかあんなところにあるとは思わなかった」

「わたしも見つけられなくて店員さんに聞いたの。そうしたら一冊だけ残ってるはずだって」

「なるほどね。でも一冊だけなのか。残念。仕方ないから別の本屋で探すことにしよう」

僕は笑いながら嘘《うそ》をついた。

ここにくる前にすでに他の本屋は全て確認済みだ。

全滅だった。

僕の住んでいるような田舎町では、なんとか賞受賞とか、映画化決定とか、何万部突破とかの箔《はく》がついたものでもない限り、たとえ新刊といえども、ほとんど入荷してくれない。発売日ならさすがに買えるだろうという甘い考えで予約を怠った僕が悪いのだけど。

諦めるしかないんだろうな。

肩を落とし、出口に向かう僕を、

「待って」

彼女がなぜだか呼び止めた。

「え？」

「もしよかったら、この本貸してあげようか？　わたしが読んだ後でいいなら、だけど」

「どうして？」

「本が好きだから。少しでも早く読みたいっていう気持ち、分かるもの」

どう答えたらいいのか分からないでいる僕を見て、彼女は途端に恥ずかしそうに顔を伏せた。

えっと、余計なお世話だったら、ごめんなさい。今にも消え入りそうな彼女の言葉に、僕を呼び止めるのにどれだけの勇気が必要だったのかが分かる。

不意に胸が熱くなり、自然と頭が下がっていた。

「いや、ありがとう。嬉《うれ》しいよ。僕は瀬川春由《せがわはるよし》。よろしく」

僕の言葉に彼女はほっと息を吐き、とびきりの笑顔を浮かべた。

「うん。よろしくね。瀬川くん。わたしは、椎名由希《しいなゆき》」

中学二年を終えたばかりの春のこと。

こうして僕は椎名由希と出会った。


本屋を出た僕たちは、椎名さんが一度行ってみたかったという喫茶店に入った。

恐る恐る木製の重い扉を押すと、ちりんちりんと二度鈴が鳴った。お店の中は僕が普段聞くことのないクラシック音楽が静かに流れ、コーヒーの香りであふれている。

なんというか大人の空間だった。

時間が緩やかに、そしてとても優しく過ぎていく。

「いらっしゃい。あら、可愛《かわい》いお客さんね」

店内にはまだ若く、とても綺麗《きれい》なお姉さんが一人いるだけだった。僕たちの他にお客さんの姿はなくて、お姉さんは、どこでも好きな席にどうぞ、とにっこりと笑った。

僕がきょろきょろと店内を見回している間に、椎名さんはさっさと一番日当たりのいい席を選んで座ってしまったので、慌てて追いかけ彼女の向かいの席に腰を下ろす。

窓から差し込む三月の薄い光が暖かい。

思わず欠伸《あくび》が出てしまい慌てて嚙《か》み殺《ころ》すと、椎名さんはふふっと笑った。猫みたいね。そんなことを言われた。

「さて、何か頼まないと。瀬川くんは何にする?」

テーブルに広げたメニュー表を覗《のぞ》いてすぐに、げ、と出そうになった声を必死に吞《の》み込《こ》む。

メニューはそう多くはなかったけれど、値段がやたらと高いのだ。コーラ一杯に四百五十円。紅茶なんて千円のものもある。一体、誰が頼むんだろう。社長とかかな。分かんないけど。

そんな中、椎名さんは慣れた感じでブラックコーヒーを頼んだので、僕も同じものを注文することにした。コーヒーなんて飲んだこともないのに。

「じゃあ、これ。さっき言っていた本」

注文を終えると、椎名さんが鞄《かばん》の中から二冊の本を取り出した。その内の一つを受け取る。

これはさっき買ったやつじゃない。もともと椎名さんが持っていた本だ。

本屋から喫茶店にくるまでの間で咲いた本談義の中で、僕は椎名さんにオススメの本を教えてもらっていたのだった。

たまたま持ってきていたから、こちらも貸してくれるらしい。彼女が本を読み終わるまでの時間つぶしにちょうどよかった。

「多分、気に入ってもらえると思う」

「楽しみだな」

本格的に読む前に本をパラパラと捲《めく》っていると、コーヒーが運ばれてきた。

湯気と一緒に、独特の香りが濃く立ちこめる。

「ごゆっくり」

お姉さんは一礼して、再び奥へと戻っていった。後ろで一つに結ばれた長い髪が、どこか楽しげに右へ左へ揺れている。

別に意識して見ていたわけではないけれど、椎名さんがなぜか非難するように口を尖《とが》らせた。

「お姉さんを見てるの？」

「え？」

「ああいう人がタイプなんだ？」

「違うって。いや、まあ、綺麗《きれい》だなと思うけど。長い髪がいいよね。女性らしいって言うかさ」

「ふうん。髪は長い方が好きなんだ」

椎名さんは自分の髪の先を少しだけ触って、ため息をついた。それから慣れた様子でカップを手にとり、口につける。ミルクも砂糖もなしだ。彼女の仕草は洗練されていたので、コーヒーを口にするという何のことはない動作すら絵画のように見えた。

ただ一つ。ここまでは、という注意書きを付け加えておかなければならないのだけれど。

椎名さんはコーヒーをゆっくりと口に含み、こくりと飲み込んだ途端、くしゃっと顔をしかめた。ううん、なんてうめいている。どうしたのだろう。

「苦っ。何、これ。まさかこんなに苦いなんて」

「え？　よく飲んでるんじゃないの？」

「実は初めて飲んだの」

「それなのにいきなりブラックってチャレンジャーだ」

「だって喫茶店で本を読む女性って、ブラックで飲むイメージがあったんだもん」

まるで毒でも盛られた人のようにうめきながら、椎名さんはテーブルの端に置いてあった小瓶に手を伸ばし、取り出した砂糖二欠片《かけら》を真っ黒な液体に沈めた。くるくるとスプーンでかき混ぜほんの少し口をつけ、再び顔をしかめ、さらにもう一つ追加する。

それから恐る恐るコーヒーを口に含み、今度は、うん、と嬉《うれ》しそうに頷《うなず》いた。

「これなら飲めそう」

実のところ、大人っぽい椎名さんに少しだけ緊張していた僕は、それで脱力することが出来た。コーヒーを苦いと言って砂糖を入れている椎名さんは、どう見ても僕と同年代の女の子で、どこにも緊張する要素なんてなかったのだから。

「瀬川くんこそコーヒーをよく飲むの？」

「実は初めて」

正直に言った。椎名さんは、あはははと笑った。

「わたしと一緒だね。砂糖いる？　それともブラックにチャレンジしてみる？」

「そうだなあ。せっかくだし、チャレンジしてみよう」

僕は椎名さんと同じようにそのままのコーヒーを口にした。途端に熱さと苦みで舌がえぐられ、顔をしかめた。舌がヒリヒリと痛んだ。どうやら火傷《やけど》をしてしまったらしい。慌てて水を口に含んで、舌の先を氷に押し付ける。

「どうしたの？　やっぱり苦かった？」

「舌、火傷《やけど》した」

「瀬川くんは案外ドジなんだね」

そう言ってズズッとコーヒーをすする椎名さんがまた顔をしかめた。彼女はしばらく悩んだ末、僕と同じようにお冷を口にした。今度は何が起こったのか、はっきりと分かった。彼女の舌も、きっと僕と同じ状態のはずだ。

「ドジ」

僕がニヤニヤと笑いながら言うと、椎名さんはバツが悪そうに氷を口の中で転がしていた。

パラパラとページを捲《めく》る音だけが聞こえている。僕たちが本を読み始めてから、お姉さんは音楽を止め、うつらうつらと船を漕《こ》いでいた。気持ちよさそうだ。いい夢でも見ているのか、口もとが緩んでいる。

「ねえ」

呼ばれて顔を上げると、椎名さんが本を閉じてこちらを見ていた。僕も本に栞《しおり》を滑らせ、同じようにパタンと閉じる。テーブルの上のコーヒーカップはすっかり空っぽになり、その横に置いてあるグラスの水も半分以下だ。

「どうかした？」

「『ハルヨシ』ってどういう字を書くの？」

「何、急に」

「いや、ちょっと気になって。珍しい名前だし」

「もしかして、その小説。名前に関するトリックみたいなものがあったりする？」

椎名さんはびくっと体を動かし、んーん、そんなことないよおう、と棒読みで否定した。怖ろしく下手くそな嘘《うそ》だった。語尾だって上ずっているし。

少し考え、グラスの表面に付いていた水滴を指先に移し、ゆっくりゆっくりその水をテーブルの上に伸ばしていった。丸い水滴だったものが、線になる。その線が重なる。組み合わさって文字になる。やがて不格好な『春由《はるよし》』が現れた。

「こういう漢字」

「へえ。あ、偶然だね」

椎名さんは『由』の後に『希』と書いた。『由希《ゆき》』と僕は読んだ。

「一文字、一緒だ」

嬉《うれ》しいな、と椎名さんは言った。

そんな風に本を読み、たまに雑談を挟んだり、ケーキを頼んだりしていると、気付けば五時間近くも経《た》っていた。最後の最後まで、僕たち以外のお客はこなかった。

夜になると気温はぐっと下がり、色とりどりのライトで町は濡《ぬ》れたように輝いていた。

空には星も見える。

椎名さんがいくつかの星の名前を告げたので、どれがその星なのか尋ねてみたけれど、彼女が知っていたのは名前だけだった。

駅に椎名さんを送り届ける途中で、約束通り水色の本を借り受ける。ありがとう、と頭を下げると、どういたしまして、と彼女は言った。ハードカバー特有の重さが今は嬉《うれ》しい。

「ところで瀬川くんは明日って忙しい？　今、春休みなんでしょう」

「陸上部の練習が午前中あるだけで、午後からは特に何も」

強いて言えば、この小説を読もうかなと思っていたくらい。

「じゃあ、午後からまた会えないかな？　本の感想も言いたいし、聞きたいし」

今日一日、本を読んで話をしただけなのに、随分と楽しかったことを思い返していた。僕が黙ってしまったからか、椎名さんは慌てた様子で付け加えた。

「あ、でも、別に明日までにそれを読んできてってことじゃないの。瀬川くんが今日読んでた本の話でもいいし。なんて言うか、わたし、今日はすごく楽しかったから」

ああ、なんだろう。これ。椎名さんが僕と同じ気持ちを抱いていたことが、すごく嬉《うれ》しい。

「いいよ。明日も会おう」

「うん」

別《わか》れ際《ぎわ》に椎名さんは、あ、と宙を指さした。少し前、白く色づいていた声はもう目に見えない。春なのだ。何かが始まる季節。冬は今、一番遠いところにある。

「あの星なら分かる」

そうして彼女はオレンジに強く輝く光の名前を告げた。

「アークトゥルス。ハワイではホクレアって呼ばれている喜びの星よ」

部活も終わり廊下を歩いていると、バタバタと大きな足音をたてて、丸く膨れ上がった白い物体が横を通り過ぎて行った。春休み中の学校、ことさらに部室のある別棟はゆっくり時間が流れていくので、速く動くものはやたらと目に付く。で、だ。今の一体、なんだろう。

視線と思考を一瞬でかっさらっていった物体の正体を歩きながら考えていると、後ろからごつんと頭に衝撃がやってきた。

「いって。なんだ？」

「ちょっと、ハル」

続いて僕の名前を呼ぶ、聞き覚えのある声。

「朱音《あかね》。いきなり叩《たた》くのはなしだろう」

犯人の名前を呼びつつ振り向くと、同級生の竜胆《りんどう》朱音がプリプリと頬を膨らませ仁王立ちをしていた。その右手には真っ白なレジ袋が握られている。さっきの白い物体の正体はこれか。どうやらパックのジュースを詰めているらしい。

後輩への差し入れだろうか。

去年の夏から朱音は水泳部の部長をやっているのだ。

「いや、今のはハルが悪い」

「僕が一体、何をしたって言うんだ」

「何もしなかったのが悪いの。クラスメイトとすれ違ったんだから声くらいかけてよ。ハルはそーゆーところがあるよね。我関せずっていうかさ。よくないよ」

なんだか理不尽な気がしたが、朱音の言う通り事なかれ主義な僕はおとなしく頭を下げることにした。触らぬ神にたたりなし、なんて言うだろう。

「悪かった。朱音って気付かなかったんだ。ぼーっとしてたから」

「あたしに存在感がないって言ーたいの。声をかけてもらえるかもと思ってちょっぴり期待したあたしの乙女心を返せ」

「驚いた」

「何がよ」

「朱音にそんなものが備わっていたなんて」

ぷつん。

あ、なんか今、聞こえないはずの音が聞こえた気がする。

「あんた、あたしのことをなんだと思ってるの」

元々ややツリ目気味だった瞳が完全に吊《つ》り上《あ》がり、両手に持ちかえた鈍器を朱音はぶうんと振り回してきた。朱音の体は細いけれど、水泳で鍛えているから筋肉がしっかりとついているのは知っている。そう、腕相撲が僕より強いってことも。だから、結構本気で危なかったりする。僕は必死に避けた。避けまくった。

「ちょっ。危ないから、止《や》めてくれ」

「うるさーい」

「分かった、悪かった」

「何が分かったっていうのよ」

「えっと、それは」

「何も分かってないじゃない」

「いや、だから。そう。朱音がとても魅力的な女の子ってことをさ」

叫ぶのと同時に、ひゅんと鼻先を鈍器がかすった。心臓の音が一際《ひときわ》大きく聞こえて、トクトクと小刻みに震えだす。一瞬だけ体が冷えて、その後すぐに汗がどばっと出てきた。

僕の必死さが伝わったのか、朱音はようやく攻撃を止めてくれた。

「むう。なんか、そーゆーことをさらっと言うのは本心じゃない感じがして嫌だな」

「じゃあ、なんて言えばよかったんだ」

「もーいーよ。ハルに期待したあたしも悪かったから。痛み分けってことで」

いや、痛い目みたのは僕だけなんだけど。と、喉のところまでせり上がってきた言葉を今度は必死に呑《の》み込《こ》んだ。火に油を注ぐだけなのは目に見えている。同じ過《あやま》ちを犯すものか。

「で、あんた、何してるの？」

「何って、練習が終わったから、部室に向かってたんだ。そっちは？」

「みんなで部室の大掃除中。新入生がくる前に片付けておこうと思ってさ。手伝ってくれてもいーよ。そしたらジュースあげる」

「ごめん。先約ありだ」

僕の言葉に朱音は形のいい眉をひそめた。

「また？　なんか、最近、付き合い悪くない？　そー言ってこの前みたいに一人で遊びに行くとかじゃないでしょーね？」

「違う違う。今日は本当に人と約束してるんだって」

「ふーん。じゃあ、仕方ないか。残念。でも、少しくらいは付き合ってよ」

「だから、用事が」

「掃除じゃなくて、あたしの休憩によ。そんなに時間とらせないって。ジュースも持って行かないといけないしさ。ぼーっと歩いていたくらいだから、時間に余裕はあるんでしょう？」

朱音の言う通りだった。約束の時間まであと四十分はある。

「まあ、それくらいなら」

「決まり」

朱音は指をパチンと鳴らし、ジュースの固まりを柱のそばに置いた。それから締め切られていた廊下の窓を一つ一つ開け始めた。

透明なガラスがスライドするたびに、朱音の短い髪がサラサラと揺れた。さっきまで暴れていたせいか頬は蒸気し、ピンクに染まっている。

「あー、風が気持ちいい」

「確かに」

同じ窓から顔を出すと、朱音は何だか変な表情を浮かべて、ひえ、なんて小さく悲鳴をあげた。全く失礼なやつだ。そのまま少しだけ距離を置かれた僕は、割と本気で傷ついていた。

その傷ついた心を少しでも癒《いや》そうと、遠くの山々を眺めた。今日は天気がいいから、ずっと遠くまでよく見える。うっすらと残るピンクは桜だろうか。あるいは梅か。

「先輩たちさ、卒業していったじゃない？」

僕から少しだけ離れた窓の枠を指でなぞりながら、朱音は言った。

声にさっきまでの覇気がない。

「そうだね」

「なんかさ、急にいろんなことが怖くならない？　これからの一年のこととか、その先のことか。あたし、ちゃんと上手《うま》く出来るのかなあ」

ああ、朱音が僕を呼び止めたのは、これを聞きたかったからなのか。

でも、朱音は相談する人間を間違えている。

確かに僕と朱音はもうすぐ最上級生で、共に部活の部長だ。

ただ朱音にいたっては、それに加えて学校中の期待を背負っていた。去年、あと一歩というところで全国出場を逃した朱音にかかる重圧は僕の比ではないだろう。

僕はくるりと体の向きを変え、手すりに背中を預けた。そして胸を反るようにして上を向くと、屋根に半分だけ隠れた太陽を見つけた。白い光に目を細める。

眩《まぶ》しいな、そんなことを思う。

太陽じゃなく、僕には朱音が眩《まぶ》しかった。

負けて悔しいのは当然だ。

そう思えない奴《やつ》はきっと、選手ですらない。でも、やる前から怖いと思うのは、朱音にはそれだけ必死になって積み上げてきた何かがあるからだ。

僕にそういうのはなかった。

大丈夫とか、出来るさとか、在《あ》り来《きた》りで当《あ》たり障《さわ》りのない言葉ばかりが思い浮かぶ。でも、それらを伝えたところで、空っぽの僕の言葉じゃ何も解決しないだろう。

それでもいくらか考えてみるけれど——

ああ、やっぱりダメだ。

半分に欠けた太陽が僕の肌をチリチリと焼いた。あーと口を開けると、歯の裏のあたりまで出かかっていた陳腐な言葉たちがいくらか蒸発したのか、やけに喉が渇いた。

口の中にはもう、何も残っていない。

「そういえば、知ってる？　数学の松江《まつえ》ちゃん、今度結婚するらしい」

結局、話を変えて逃げることを選択する。

そんな僕らしい不誠実さを、しかし朱音は何も言わずに見逃してくれた。

「嘘《うそ》。相手は誰よ。体育の自見《じみ》先生？　それとも国語の米《よね》くん？　結構、噂《うわさ》の多い人だったけど、ついに一人に決めたんだ」

「え？　松江ちゃん、そんなに噂《うわさ》多いの？」

ちょっとショックだ。清楚系《せいそけい》の美人教師だと思ってたのに。

「まだまだハルも甘いよね。気を付けないと、悪い女に騙《だま》されちゃうよ？」

朱音が笑う。

僕もまた笑う。

当《あ》たり障《さわ》りのない時間だけが流れていく。

いつか。

僕にも全てを懸けられるものが見つかるだろうか。

頭の片隅で、ぼんやりとそんなことを考えていた。


朱音と別れ、約束通り椎名さんと合流した。彼女はわざわざ僕の学校の近くまで迎えにきてくれた。電柱に背中を預ける椎名さんを見つけると、彼女はこんにちは、と笑った。

「どうせなら部活の見学でもしてくれればよかったのに」

「そうしたいところなんだけどね。瀬川くん、一人で走っているわけじゃないんでしょう」

「そりゃ、部活だからね。他の部員と一緒だよ」

「うん。だったら、やっぱりダメだよ。そこはわたしの踏み入っていい場所じゃないもの」

「別に、バレないと思うけどなあ」

「そういう問題《こと》じゃないの。これはわたしが自分で決めたルールだから」

そんな他愛《たわい》もない話をしながら、椎名さんの提案で学校近くの河川敷《かせんしき》に移動する。黄色い菜の花の周りを、真っ白な羽をした蝶《ちょう》が飛んでいた。

椎名さんは楽しげに、蝶《ちょう》の止まっていない花に手を伸ばした。そうして、彼女の指先が花弁の一つと繋《つな》がった。

僕の方を見ずに、椎名さんが尋ねてきた。

「ねえ、どうして瀬川くんはさ、本屋でわたしにあの本を取ってくれたの？」

そっと彼女の指が離れると、花弁が微《かす》かに揺れた。振動が近くに咲いている他の花たちに伝わると、それに反応した蝶《ちょう》たちが一斉に空へと飛んでいく。風に乗り、まるで泳いでいるかのように優雅に飛ぶ蝶《ちょう》の行方を、椎名さんは最後まで目で追っていた。

「君が取ってくれって頼んだからだろう？」

「うん。でも、瀬川くんも同じものを探してた。欲しかったんでしょう。なのに、どうして？」

「先に見つけたのは椎名さんだ。だったら購入する権利は君にある」

「少しも葛藤しなかったの？」

葛藤、はなかったと思う。ただ残念だと思ったくらいで。

僕が答えなかったのを肯定だと受け取ったのか、椎名さんは、あのね、と呟《つぶや》き立ち上がった。

僕たちの身長は大体同じくらいなので、目線もまた同じ高さにある。

「本当に欲しいものは、自分から手を伸ばさないと手に入らないんだよ」

「何それ。誰かの名言？」

「ううん。先人《わたし》の教え」

と、椎名さんは僕の方へと手を出した。握られていた拳が、花が咲くように開いていく。

「手を繋《つな》いでくれる？」

「え？」

「お願い」

「……別にいいけど」

さっき彼女が菜の花にしていたように、彼女の指の先にそっと触れる。それから僕の指は彼女の指をなぞり、やがて二人の手のひらが重なる。

瞬間、お互いがしっかりと力を込めて、二つの手がようやく繋《つな》がった。

「うん。わたしが言いたかったのはこういうことなんだけど、分かるかな？」

僕は首を横に振るしかなかった。

全く、これっぽっちも分からない。

「いつか瀬川くんにも分かる時がくればいいんだけど」

小さく呟《つぶや》いた彼女の声は聞き取りづらく、尋ね返すと椎名さんはごまかすようににっこりと笑った。

「何でもない。それより、今日は何して遊ぼうか」


その後、二人でいろんな所に行った。

ゲーセンで遊び、ボーリングをし、映画を見た。時計の針が六時を過ぎ、椎名さんを駅まで送っていく途中で、知った顔に会った。

クラスメイトの御堂卓磨《みどうたくま》だ。

どうやらバスケ部の仲間たちと遊んでいたらしい。

「よお、ハルじゃん。何してんの？」

卓磨は他の皆に、先に行っておいて、と手で合図を送った。

「何してるってわけでもないんだけど、まあブラブラと。卓磨は部活帰り？」

「まあな。これからカラオケ行くんだけど、一緒に行くか？」

「止《や》めておく。バスケ部に知り合い少ないしさ。それに僕も一人ってわけじゃないし」

「そっちも部活の奴《やつ》らと一緒とか？」

「いや、部活の皆じゃないんだけど」

尋ねられて、ふと考える。

椎名さんとの関係って何なのだろう。知り合いなのか、友達なのか。言葉を濁していると、椎名さんが僕の肩からひょっこりと顔を出した。

「こんばんは。瀬川くんの友達ですか？」

「え？」

椎名さんの顔を見た途端、卓磨の時間が完全に停止した。再起動まで五秒くらい必要だった。気持ちは、まあ、分からなくもない。逆の立場だったら、僕も同じようになっていただろう。

「は？　えええ。ちょっと待て。誰だよ、この美人。うちの学校の子じゃないよな？　ていうか、え、え、お前、まさか」

結構、珍しい光景だった。

普段、成績優秀でスポーツも万能の卓磨は同級生たちと比べて頭一つ分くらい大人っぽい。どんな難しい問題を前にしても、涼しい顔で解いてしまう。

その卓磨が僕と椎名さんの顔を、あんぐりと口を開けて交互に見返していた。

「待て、卓磨。君は何か勘違いをしている」

「何が勘違いだ、裏切り者」

「いや、だから待てって。僕は別に何も裏切っていない」

弁明をしようと卓磨を宥《なだ》めていると、椎名さんが僕の服の端をちょいちょいと引っ張った。

何だろうと思った瞬間、彼女は僕の耳に手を当て、ふっと息を吹きかけてきた。ぞわっという感覚と共に、僕は耳を押さえ、ひう、なんて声を上げてしまう。寒気が背中を走り抜け、頬が熱くなる。何なんだ、一体。

そんな僕を、卓磨が親の敵《かたき》を見るような目で睨《にら》んでいた。

「おい、何が何も裏切っていないだ。何言われたんだ。好きだよとか言われたのか。完全にいちゃついてるじゃないか」

「いや、今のは違うって。椎名さんからも説明してくれ」

「ええ、瀬川くんにはわたしの気持ちが届かなかったの？」

椎名さんはわざとらしく体をくねらせ、爆弾を落とした。

ぐうの音も出ないほど完璧なとどめだった。

ちくしょう、と卓磨は叫んだ。

僕の頭を軽くどつき、夜の街へと走っていく。ハルの裏切りものー、爆《は》ぜてしまえー。大きな声が木霊《こだま》している。卓磨の姿が見えなくなった後、僕は尋ねた。椎名さんは、あはははとずっと笑っていた。

「今のわざとだろう？」

「何のことでしょう？」

顎に手をあて、とぼけている。

「完全に確信犯だ」

「まあまあ。それとも瀬川くんは嫌だった？」

「え？」

「わたしとそういう風に見られるのは嫌だった？」

「……嫌ではないけど」

「そ。なら、いいじゃない。それよりわたし驚いちゃった。瀬川くんもさ、同級生とかを呼び捨てにするんだね。なんかそういうイメージがなかったから」

「親しい人は大体呼び捨てにしてる」

「そうなんだ。じゃあさ、わたしのことも由希って呼んで。わたしは瀬川くんのことを、これからずっと由《よし》くんって呼ぶから」

「ハルじゃなくて？」

「わたし、春って嫌いなの。でも由《よし》は好き。おそろいだもん。だからあなたは由くん」

「春が嫌いって、どうして？」

「……春になって、暖かくなって、雪が溶けてしまったら。見えなくなったら。皆、雪のことなんて忘れちゃうでしょう？　確かに積もっていたはずなのにね。なんだかそれが悔しいの」

漢字は違うけれど、彼女も確かにユキだった。

椎名さんも誰かから忘れられたことがあるのだろうか。

彼女のことを何一つ知らない僕には、簡単に否定も肯定も出来ることではなかった。

ただ春のことが嫌いと言われたことだけが、やたらと胸に刺さっている。

春と雪は一緒にはいられないと、そう言われたような気がしたから。

「ねえ、由くん。わたしのこと、由希って呼んで」

それでも彼女が望むなら、僕は彼女のことを由希と呼ぼう。

「分かったよ、由希」

途端に由希の顔が赤くなった。

「うわあ、名前呼びって思っていたよりもやばいね。そう言えばわたし、お父さん以外の男の人にそう呼ばれたの初めてかも」

頬を指先でぐにぐにと動かしている由希を見ておかしくなったけれど、頭の片隅で、心の端で、何度も何度も彼女の言葉がリフレインしていた。


――わたし、春って嫌いなの。


由希と八色公園《やいろこうえん》に行くことになったのは、春休みの中で部活が唯一休みの日のこと。

池を中心に整備された公園は一周五キロにもなり、八つのポイントから公園を眺めると全然違った景色が見えると言うことから、八色公園と呼ばれるようになったのだそうだ。

平日だからか、公園は閑散としていた。夜になると花見をしている大人たちでにぎわうけれど、昼間はそうでもないらしい。

でも、由希は想像していたよりもずっと喜んでくれた。

「うわあ、こんなところがあったんだねえ」

物珍しそうにいろんなものを見て回る由希の後方で、僕はコートのポケットに手を突っ込んだ。そこに収まっている小さな物体の輪郭を指でなぞって、存在を確かめた。手のひらにすっぽり収まるくらい小さなくせに、やけに重い。いや、本当に重いわけじゃないんだけどさ。気持ちの問題《せい》で、質量以上の何かが付加されているらしい。

僕が今日、ここに由希を連れてこようと思ったのは、誰にも邪魔されない場所で、昨日買ったこれをプレゼントする為《ため》だった。

前提条件はクリア。

後は雰囲気とタイミングだけなんだけど、それがなかなか難しい。

公園を半周してもなお、プレゼントはまだ僕のポケットの中にあった。

由希と出会ってから、ふがいなさにへこむばかりだ。自分ではもう少しいろんなことがスマートに出来ると思っていたのに、由希の前だと急に上手《うま》く出来なくなる。どうしてだろう。

木の葉に光が当たって、透けていた。影が出来て、僕の顔の上に、光の白と影の黒が織りなす鮮やかなコントラストが浮かび上がる。

柔らかな日ざしの中で声をかけるタイミングを計っていると、逆に声をかけられた。

由希の声とは違う、もっと低い声。

「おーい、そこの二人。ちょっと待ってくれい」

「え？」

呼ばれるがまま声の方へ振り向くと、熊みたいに大きな体をしたおじさんがこちらへ向かって全力疾走していた。ドタドタと慌ただしい音が聞こえてくるかのよう。その形相は一目で分かるくらい必死で、僕たちは思わず足を止めてしまった。それが悪かった。

今にも死にそうなほど息を切らしたその人は僕のそばまでやってきて、いきなり腕を摑《つか》んだ。

「いやー、助かった。ちょっときてくれ」

「な、何ですか」

「俺たちが今撮ってる映画のな、エキストラの人数が足りなくて困ってるんだ」

「いやいや、ちょっと待ってください。意味分かんないんですけど」

「分からないか、意味？　というか、うん？」

きょとんとした顔で振り向いたおじさんの顔は、よく見るとまだ若かった。二十代の半ばくらいだろうか。ぎりぎりお兄さんと呼べるレベル。

その男の人の視線が、僕の後ろにいる由希だけに注がれている。髪に隠れた丸っこい瞳は、財宝でも見つけたみたいに輝いていた。

何を考えているのか、手に取るように分かった。逃げ出したかったけれど、僕の手は掴《つか》まれたままなので叶《かな》わない。三秒くらい呆《ほう》けてから、男の人は改めて僕を呼んだ。

「少年」

「嫌です」

即答した。もし僕が一人だったなら、この人の言葉に圧倒されて早々に白旗を振ってしまっただろう。でも、今は違う。後ろに由希がいるのだ。

「まだ何も言ってないじゃないか」

「何を言いたいのか分かりますから。由希にも映画に出て欲しいんでしょう」

「そこを何とか」

「無理です」

と、そこで成り行きを見ているだけだった由希が、はいと手を上げた。

「どうしてわたしのことを由くんが決めちゃうわけ？」

二人して由希を見た。

「……出たいの？」

「だって面白そうだよ。それに今日の記念にもなるし」

由希の言葉を、男の人は決して聞き逃さなかった。途端に声が勢いづく。

「そうだそうだ。少女のことを少年が決めるな」

じゃあ、僕に聞かないで、最初から由希に聞けばいいじゃないか。ていうか、この人、さっきから由希と直接交渉しようとしないな。何でだろう。

「ね、やろうよ。由くん」

若干、流れが面白くなかったけれど、結局、押し切られる形になった。分かったよ。そう言うしかない。

「本当か。じゃあ、二人とも出演決定だな。いやあ、よかった」

僕たちの気が変わらないうちにという感じで、男の人が強引に話をまとめた。

僕の負けだった。

悔しいので、悪あがきくらいはしておく。

きっともう何の意味もないことなのだけど。

「手、いい加減離してもらえますか?」


撮影は、公園のベンチで行われていた。

前後の流れはよく分からないけれど、どうやら喧嘩《けんか》をしたカップルが再会するシーンらしい。

僕たちを呼びにきた男の人はこの作品の監督みたいで、カントクと呼ばれると、おうっと、さっきまで僕たちに見せていた顔とは全然違う表情をした。雰囲気ががらりと変わる。

カントクを呼んだのは少しふくよかな体型のお姉さんで、彼女は僕たちのそばまでやってくると僕と由希を交互に見て、最後には由希をその目に捉えた。

「どうしたんですか、この子。ものすごく可愛《かわい》いじゃないですか」

「だろう。映画に出てもらおうと思ってな」

「いいですね、いいですね。次の映画ですか？」

「いや、この映画だけど」

「へ？」

途端にぴりっと空気が張り詰めた。お姉さんは、いやいやいやいやと何回言ったのか分からないくらい、いやを繰り返す。いやいやいやいやいや。

「何を考えてるんですか。無理ですよね」

「そうかあ？　俺は見てみたいんだけど」

「気持ちは分かりますけど。わたしだって、演技仕込んでみたいですし。でも、この映画はどうするんですか。どこで使うつもりか知らないですけど、多分、全部持って行かれますよ」

「心配するな。ちゃんとこの映画も完成させるさ。ただ、まあ、ちょっとお前らに迷惑をかけるけどな。……無駄にはしない。信じろ」

カントクは、ドンと思い切り胸を叩《たた》いた。

「……そういうことなんですか？」

「ああ、そういうことだ」

たったそれだけの会話で通じるものがあったのか、お姉さんが諦めたように息を吐いた。

「はあ。分かりましたよ。何言ったところで無駄なんですね。とりあえずカントクは和葉《かずは》ちゃんのフォローをお願いします。あの子、そういうところだけは聡《さと》いので、相当上手《うま》くやらないと気付いちゃいますから。絶対拗《す》ねて、他のシーン撮れなくなります。それだけは許しません」

「分かった。すぐに行く。悪いけど、この二人に演技指導をしておいてくれ」

それだけ言って、カントクはそそくさと走っていった。

僕たちは名前も知らないお姉さんとその背中を見送った。

さっきまでの空気はもうどこにもない。残ったのはカントクと同じくらい楽しそうなお姉さんの笑顔と、二人のやりとりの意味が分からないでいる僕たちだけだった。

「あの、今の二人の会話って」

「ああ、気にしなくていいよ。どうせすぐに分かるし。でも、そうね。一つだけいいかな。あの人は本当に自分勝手にやってるだけだから、君たちも遠慮せずに自分の意見を言っていいんだからね」

僕と由希は顔を見合わせ、首を傾《かし》げた。

結局、それから四時間近くも拘束された。

一つのシーンを撮るのに、何度も何度も撮り直したせいだ。

これを編集で組み合わせてワンシーンにするらしい。

僕たちに与えられたのは、主人公たちの後ろを歩く通行人AとB。由希が僕より前に出ると目立ち過ぎてしまうということで、カントクの指示で僕は彼女を隠す壁のような役割もした。

それでも撮ったばかりの映像を見ながら、カントクは、うーんと唸《うな》った。

「やっぱり目立ちすぎるな。どうしても少女の方に目がいってしまう」

俳優さんたちに気をつかってか小さな声ではあったけれど、そばにいた僕や由希にははっきり聞こえた。実際には僕たちにだけ聞こえるように言っていたのだと気付いたのは、ほんの少し後のこと。

声に反応し顔を上げた僕たちと、カントクの目線がばっちり合った。

「見てみるか？」

こいこいと手招きされた僕たちは、言われるがままにノートパソコンの画面を覗《のぞ》き込《こ》む。数十分前の光景がそこに映っていた。

画面の中心には、大学生のカップル。

その後ろを歩くだけの二人の通行人。

二人にセリフはないし、アップで映ることもない。ただ話をしているだけだ。けれど気付いた時、画面は次のシーンに切り替わっていた。あれ、なんでだろう。主人公たちの会話が全然思い出せない。記憶にあるのは由希の顔だけ。由希は僕と話をしながら、笑っていた。まるでたったそれだけのことが奇跡であるかのように。

これが一本の映画だったなら、僕はきっとこの間に起こった出来事を追うことは出来ないだろう。あるいは全てを見終えた時、記憶に残っているのは由希の笑顔だけかもしれない。

お姉さんの言う通り、物語は全部持って行かれてしまった。

「なあ、少年。もったいないと思わないか。これだけの華がある人間なんてそうそういないぞ。少女の物語をもっと見てみたいだろう?」

ようやく僕は、さっきのカントクとお姉さんの会話の意味を理解していた。

つまりカントクはこのシーンが使えなくなることを分かった上で、わざわざ時間と労力を割いたのだ。由希という女優を手に入れる、たったそれだけの為《ため》に。

しかし由希は首を横に振った。

「これ、大丈夫ですよ。心配しなくても使えます」

「いやいや、少女は本人だから分からないかもしれないけどな、これは使えないんだよ。皆が皆、君を見てしまう」

思っていた手ごたえがなかったせいで、カントクは慌てた。気付けば由希と直接話をしている。焦《あせ》っているからか、あるいは監督としての性《さが》か。

「じゃあ、賭《か》けでもします?」

含みのある顔で由希が提案した。

「もしこのシーンがわたしのせいで台無しになったとしたら、その時はカントクさんのお願いを一つ、何でも聞いてあげます」

「それは俺が少女で映画を撮りたいと言ったら、それに従うということか？」

「はい。でもそれはきっと奇跡でも起きない限り無理ですよ。そして、奇跡は何度も起こるものじゃないんです」

「どういうことだ？」

「……奇跡なんて一度起こればラッキーで、二度起こるなんてことはないんだろうなあ、ってただそれだけの単純な話です。いや、どんな奇跡にだってそれ相応の対価が必要だから、一概にラッキーとも言えないんですけどね」

由希の言葉の意味が僕には全く分からない。

カントクもどうやら同じようで、少しだけ考えた風だったけど、結局、分かったの一言でいろんなものを呑《の》み込《こ》んだ。カントクとしては由希で映画を撮れればそれでいいのだろう。

いつしか日は落ち、闇が濃くなっていた。

カントクたちは慌てて片付けを始めた。

ぼうっとその様子を眺めていると、カントクが僕に気付き、こちらへやってきた。

「お疲れさん」

「長かったですね」

「助かったよ。まあ、少年たちが出るのは十秒くらいなものだけどさ。演技するって面白かっただろう」

「いや、僕はもうこりごりです。目立つのはむいてない」

僕たちは離れたところから、由希を見ながら話をした。

当の由希は、大学生のお姉さんに囲まれて何やら盛り上がっている。

女が三人集まれば姦《かしま》しいなんて言うけれど、五人も集まってしまえば会話を止めるのは不可能だ。女の子って遺伝子レベルで会話が好きな生き物なのよ。母さんと妹にそんなことを力説されて育った僕としては、会話が終わるのをただ待つしかない。

「で、実際、今日のシーンは使うんですか？」

「そうだなあ。このままじゃ当然使えないな。一応、少女との約束だから編集に組み込んでみるけどさ。仲間内で試写会をして、評判が悪かったら差し替えだな。その時はあいつらにまた頭を下げて撮り直しだろうなあ」

「そうですか」

僕に言えるのはそれくらいなものだった。後はカントクの決めることだったし、あるのはカントクと由希の約束だけだ。

「お、そうだ。チケットを渡しておこう。来年の秋にある文化祭で、今日撮ったやつを公開するから見にこいよ。最高の映画に仕上げてるからさ」

「来年？　今年じゃないんですか？」

「今年は多分、間に合わねえから。この作品を作り終えて、俺は大学を卒業するんだ。それでな、いつか絶対にプロの映画監督になる。楽しみにしてろよ」

カントクの手からチケットを受け取る。

ポケットに強引に突っ込まれていたからだろう、随分とくしゃくしゃになっていた。手のひらで伸ばしてみるが、皺《しわ》は取れない。矢坂《やさか》大学と掘られた赤い印が少しだけ滲《にじ》んでいた。

「あれ、二枚ありますよ」

「少女を誘えよ。俺はそういうのに鈍い方だが、カメラを通せば大抵のことは分かる。だからさ。頑張れよな。映画は男から誘うっていうのが作法なんだぜ」

カントクはわけの分からないことを言いながら、笑顔で僕の背中を思い切り叩《たた》いた。

めちゃくちゃ痛かった。


カントクたちと別れてしばらく歩くと、一本の大きな桜の木が見えてきた。

残念ながら満開はもう迎えてしまっていて、いくらか寂しいものになっていた。白い花弁は少なく、木にはもう緑の葉がいくらか茂っている。季節は次へと移ろい始めているのだ。

「さっき、カントクさんと何を話してたの？」

「大したことじゃない。そういう由希はお姉さんたちと何を話してたんだ？」

「秘密」

「秘密かあ」

「女の子に秘密はつきものなんですよ」

少しだけ丁寧な言い方をして、由希は桜の下に駆けて行った。ざあと風が吹いて、ひらひらと花弁が舞う。スカートが揺れている。ふわふわの髪も揺れている。

途端に背中がじんと痛んだ。熱くなった。カントクの大きな手が背中を押してくれていた。

心はもう決まっていた。

「由希」

少し離れたところにいる彼女を大声で呼んだ。

「なーにー？」

「渡したいものがあるんだ」

ポケットに入れておいたプレゼントを取り出す。もう後には引けない。由希へと近づいて行く。たった数メートルの距離なのに、やけに息が上がる。百メートルを全力で走った時よりも鼓動が速い。

「これさ、よかったら貰《もら》ってくれないか？」

僕は丁寧に包装されていた箱を渡した。ようやくポケットの中が軽くなる。女の子にプレゼントなんて家族以外には初めてのことだったので、やたらと緊張する。

呑《の》み込《こ》んだ唾が大きな音をたて、喉を通っていった。

「開けてみて」

由希は言われるがままに、箱からピンク色の小瓶を取り出した。

「桜の香水？」

「うん。春になって、皆が雪のことを忘れてしまうから春は嫌いだって言ってたけどさ。ずっと桜の香りを漂わせていたら、桜を見るたびに思い出してもらえるかもしれない」

春が嫌いなの、と由希は言った。

だからずっと考えていた。

冬が終わって、春がきて、雪が溶けてしまっても思い出してもらうにはどうすればいいか。

悩んで出した答えがこれだった。

「そっか。これは春の香りなんだね」

「そう。だから」

春のことを嫌いだなんて言わないで欲しい。

続く言葉は呑《の》み込《こ》んだ。だって、何も言わなくても全部伝わっているはずだから。

由希はいくらか続きを待っていたけれど、僕が何も言わないことが分かったのか、代わりに言葉を継いでくれた。

「でも、本当かなあ」

「多分」

「あー、自信ないんだ」

「僕はもちろん思い出す。というか忘れないし。でも他の人のことに関しては絶対とは言えないだろう」

「それでいいよ」

由希は言った。由くんが思い出してくれるなら、それでいい。

僕たちは並んで桜の木を眺めた。甘い香りがした。この香りがするたびに、僕は由希のことを思い出すだろう。ああ、忘れてなんてやるもんか。

「それで、もう一つわたしに渡すものがあるんじゃない？」

はて？　他に何かあっただろうか。

僕が考えていると、じれったそうに由希は先に答えを告げた。はあ。わざとらしくため息までついている。

「カントクさんから渡されたものは、わたしにはくれないのかな？」

「なんだ、知ってたんだ」

僕は反対側のポケットに入れていた二枚のカラーペーパーを取り出した。本当は日を改めて誘おうかと思っていたけれど、まあ、いいか。随分と皺《しわ》の入ったチケットを由希に差し出す。

「これ、映画のチケットです。よかったら、一緒に見に行ってくれませんか」

「はい」

頷《うなず》いた由希は、でも、と付け足した。

「もう一度、誘って欲しいの」

「どういうこと？」

「由くんが本当にわたしのことをちゃんと覚えていてくれるのか、試そうと思って。来年の秋にこの桜の香水をつけて会いに行くからさ。そしたら由くんからまた、一緒に映画を見ようって誘って。だからチケットは二枚とも由くんが持っていて」

「分かった」

「絶対だよ」

「ああ、約束だ」

僕の言葉に、由希はやたらと嬉《うれ》しそうな表情をしていたにも拘《かか》わらず、小さな声で呟《つぶや》いた。

それは彼女が浮かべた表情とはとても結びつかない、ひどく冷たい音をしていた。


——うそつき。

contact.0
蒼い瞳の白い猫

「止めておいた方がいい」

見ず知らずの男の子に声をかけられた。

どこにでもあるコンビニの棚に並ぶ、やっぱりどこにでもあるチョコレートをポケットに忍ばせようとした時のことだ。

自分が正しいことをしているのだと少しも疑いのない、真《ま》っ直《す》ぐな声だった。

「離して」

摑《つか》まれた手を振りほどこうとしたけれど、出来なかった。

線が細く、女の子みたいな顔をしてるのに。

背だってわたしよりも少しだけ小さいのに、けれども彼は男の子だった。

わたしより強い力。

わたしより低い声。

「君がそれを止めるなら」

「あなたには関係のないことでしょう？」

「だけどそれは犯罪だよね」

それでも何か言い返そうと思ったけれど、間違っているのはどう考えてもわたしの方。

喉までできていた言葉をため息に変えて、壁にかかった時計を睨《にら》んだ。長針と短針が背中合わせに真反対をさし、丸い時計を縦半分に割っている。つまり、今は夕方の六時ということ。

あと五時間もすれば世界は書き変わる。

わたしのしたこと、痕跡、その全てが消えてしまう。だから別に万引きが成功しようと失敗しようとどうでもよかった。ただの暇つぶしだ。興がさめてまで続けるものじゃない。

「分かった」

チョコレートを棚に戻すと、彼は宣言通りわたしの手を離した。強く握られていたからか、離れてからも手首がじんと熱を持っていた。わたしは熱くなったその場所をもう片方の手で撫《な》でながら、少年の方を見ずに出口へと向かった。

外に出ると、びゅうと唸《うな》る風が、鋭い刃のように剝《む》き出《だ》しの頬を切りつけてくる。

寒いよりも、痛いと思った。

痛い痛い、と小さく呟《つぶや》く。

でも、誰も足を止めない。

まるで幸福でいなさいと法律で義務付けられているみたいに笑ってばかりいて、わたしのことなんて気付かない。町の煌《きら》びやかな光や色に酔いしれている。

意識的に世界にあふれる様々な音をシャットアウトして、自分の息遣いや足音だけに耳を澄ませた。足がある。前に進んでいる。呼吸をしている。心臓がとくんとくんと動いている。

わたしはここにいる。

まだ生きている。

全て自分が望み、手を伸ばし、摑《つか》んだもののはずだった。

なのに、どうしてこんなに苦しいのだろう。

激しい痛みや恐怖はないけれど、この世界で生きることは別の意味で地獄のようだった。

日々降り積もっていく孤独や寂しさが、心をゆっくりと殺していく。

「待って」

不意に誰かが誰かを呼ぶ声が聞こえてきた。

そんな些細《ささい》なことすらも羨ましいと思ってしまうわたしは、もう生きることに疲れているのかもしれない。

「待って」

また声が聞こえる。

さっきより近くて、さっきより大きくて、なんだか聞いたことのある声だった。

「だからさ」

わたしは町にあふれる幸福から逃げるように歩いた。

楽しげな音楽も、笑顔も、誰かが誰かを呼ぶ声すら、今のわたしには毒に等しい。

「待ってよ。こんなに呼んでるんだから、少しくらい止まってくれてもいいじゃないか」

肩を摑《つか》まれ、心臓が口から飛び出るんじゃないかと思うくらいびっくりした。驚いた自分の声を聞いたのは何年振りだろうか。

振り向くと、さっきの少年が息を切らして立っていた。

気恥ずかしさから距離をとり、少年を睨《にら》む。

「な、何？　何か用？」

「いや、用ってほどのことじゃないんだけど。よかったら、これ」

少年は手に提げていたレジ袋から、わたしが盗もうとしていたチョコレートを取り出した。

彼がしようとしていることに気付いた途端、ざわっと心がささくれたつ。

「いらない」

「どうして？　食べたかったんじゃないの？」

チョコが欲しかったわけじゃない。欲しかったものはもっと別のものだ。

それを上手《うま》く説明することは出来ないけど。

だってわたし自身、その何かが分からないでいるのだから。

「わたしのことなんて何も知らない癖に、どうしてこんなことするの。あのね、あなたみたいなおせっかいな人、わたし大嫌いなの。大々々嫌い」

幼い子供みたいに、声をあげていた。呼吸が乱れた。大きく息をすると冷たい空気が体に入り込んできて、痛かった。

でも、もう痛いなんて言わない。

目の前の男の子にこれ以上同情されるのは嫌だったから。

わたしの言葉に、少年は俯《うつむ》いてしまった。

けれどもしばらくすると、ぎゅっとレジ袋を摑《つか》んでいる手に力を込めた。顔を上げた。わたしを見た。真《ま》っ直《す》ぐな瞳の中心に光があった。

「それでも、もし甘いものが嫌いじゃなかったら貰《もら》ってくれないかな」

「なんで」

「自分でも柄でもないことをやっていることは分かっているんだ。ただ今日くらいは見知らぬ誰かが、何かをプレゼントするくらいの気まぐれなら許されるだろう。だってさ」

少年は少し悲しそうに、少し怯《おび》えながら、笑顔を作った。

それが少年の強さだった。

「今日はクリスマスイブだ」

「変な人」

少年は言い返すこともなく、レジ袋をわたしに押し付け走っていく。あっという間にその姿は夜の町に消えて行った。遠くなる足音だけが、胸の中に響き続けている。

——変な人。

もう一度、わたしは呟《つぶや》いた。

十五歳になったばかりの冬の日。

こうしてわたしは名前も知らない少年と出会った。

❄

毎週火曜日、午後十時五十四分から。

こんな風に書くと深夜番組のコマーシャルみたいだけど、実際、この時間に世界が改変されていることをわたし以外の誰も知らない。

とある少女に関する記録を消して、世界は新たに生まれ変わる。

八年前に起こった交通事故が原因で、世界はそのあり方を少しだけ変えたから。

交通事故なんて別に珍しいものではない。

同じようなニュースは一週間に何度も目にしている。

わたしの住んでいる国では、小さいものも含めれば五十万近くもの事故が一年で起きているらしい。その内、死亡事故は四千件前後。死亡人数も同じくらい。つまり一日に十一人が、二時間に一人が、交通事故で命を落としている。

ああ、そうだ。

こうして見ると、本当に珍しいものではないのだ。

けれど、その五十万という数字が、あるいは四千という文字が、ただのデータではなく現実に身近な人の名前と重なった時、どれほどの痛みと悲しみが襲いかかってくるのかをわたしは身をもって知っていた。

昔話をしよう。

五十万分の一、そして四千分の三になったとある家族の話だ。

いや、ちょっとだけ違うのかな。

だってこれから話すのは、四千分の一から逃れることが出来てしまった、とある女の子の話なのだから。

少女が全てをなくしたのは、彼女の七回目の誕生日のこと。

その日は、少女にとって特別な一日になるはずだった。ずっと楽しみにしていた遊園地だ。それも大好きな家族と一緒。楽しくないはずがない。

「ほら、着いたわよ」

車の中で眠ってしまっていた少女は、お母さんの声で目が覚めた。目を開けていくと、ぼやけた人影がそこにあった。少女の体よりいくらか小さい人影の正体は、妹の宇美《うみ》だ。おねーたん、着いたわよう、なんてお母さんの真似《まね》をしながら体を揺さぶってくる。

「んん。おはよう、宇美」

「あい。おはよう。おねーたん」

そんな二人を見て、お父さんとお母さんは微笑《ほほえ》んでいた。

多分、この世界の至るところに転がっている確かな幸せの形。そのうちの一つ。

「さあ、行くぞ。今日は一日全力で遊ぶから、みんな覚悟するように」

やたらと元気なお父さんに促されて車から下りると、テレビで見たお城が目の前にあった。

わあ。思わず声が漏れる。意識の全てが目の前の遊園地に釘付《くぎづ》けだ。これはもう魔法としか言い表せない。光が輝き、音にすら色が宿っているかのよう。

お父さんの宣言通り、全力で遊んだ。

アトラクションにいくつも乗り、美味《おい》しいご飯を食べ、パレードまで見た。

楽しかった。

まさしく最高の誕生日だ。

両手いっぱいのお土産とお父さんの背中で寝息をたてる宇美を車に運んで家路についた頃には、夜の九時を過ぎていた。

いつもならお風呂《ふろ》に入ってパジャマに着替えている時間だ。でも全然眠くならない。体の至る所に、魔法の残滓《ざんし》がまだ宿っている。

お母さんと二人でお昼に食べたスイーツの話で盛り上がっていると、珍しくお父さんが何とか話に入ってこようとしていた。でもダメだ。女の子の会話に男子は立ち入り厳禁なのだ。

わざと無視すると、少女の同級生たちがするような感じで、ちぇ、なんて言って唇を尖《とが》らせる。別に怒っているわけじゃないだろう。からかわれていることを楽しんでいる感じ。

なんだかおかしくなって、少女は笑った。

お母さんも笑っていた。

眠っている宇美の口もにんまりと弧を描いていた。

それが全部、吹き飛んだ。

一瞬の出来事だった。

真っ白な光が視界いっぱいに広がり、強い衝撃に襲われた。そこからはもう何があったのか分からない。

何かが折れる音がした。

何かが割れる音がした。

何かが破裂する音がした。

両親の叫び声は、すぐにより大きな音で塗りつぶされた。まだ幼かった妹はきっと叫ぶことすら出来なかっただろう。

最後に、少女にとって大切な人たちの何かが終わった音がした。ああ、それは違うのか。音がしたのではない。音が消えたのだ。そう、仲のよかった両親は一緒に終わりを迎えた。

どれくらいの時間が経《た》ったのか。

ひゅー。ひゅー。

渇いた喉の奥から息を吐き出すと、目を開くくらいの力は戻ってきた。三度ほど小さく瞬《まばた》きをして、それからゆっくりと瞼《まぶた》を開けていく。霞《かす》みがかった世界は炎の中に沈んでいた。

とっさに家族を探さなくちゃと思ったが、少女の体はぴくりとも動かない。なんだか自分の体じゃないみたいだ。さっきまであれほど自由に動いていた手足は、今はどれだけ力を入れようとも、ちっとも動いてくれない。

ただ、体の内側からあふれ出る熱だけは、動かない体に、麻痺《まひ》した心に、訴え続けていた。

生きたい、と。

こんな終わりは嫌だ。

だってあんまりじゃないか。

まだやりたいことだってたくさんあるのに。

夏休みに見た大きな花火をもう一度見たいし、読みたい本だってある。可愛《かわい》い服だって着たい。もう一度遊園地にも行きたい。素敵な男の子と物語のような恋だってしてみたい。

それらが全部、無慈悲に奪われようとしている。

怒りも、悲しみも、どんな叫びだって届かない場所。

〝死〟が少女の眼前で手招きをしていた。

「嫌だ」

声にならない声を必死に絞り出す。

「嫌だよう」

世界が涙で滲《にじ》む。

少女の気持ちに反して、意識が遠くなっていく。どうやら終わりが近いらしい。

嫌だ。

もう目も開けられない。

嫌だ。

光が閉じていく。

嫌だ。

声を出すことも出来ず、息をしているのかさえ分からない。

嫌だ。

地獄のような場所でも、まだここにいたかった。

この世界にいたかった。

瞬間、死を拒む少女の耳に何かが聞こえた。

いや、聞こえたというのは間違っているのかもしれない。言葉という輪郭も、声という色付けも与えられていない、まっさらな問いかけだったのだから。

ただ感じとっていただけ。

ここで頷《うなず》けば生きられるのだと。

意識の中だけで手を伸ばす。

必死に、懸命に、手を伸ばす。

答えを告げる。

「生きたい」

少女は光を摑《つか》んだ。


気付くと、ベッドの上にいた。

真っ白な天井、真っ白な部屋。

知らない人たちが代わる代わるやってきた。やっぱり真っ白な服を着ていた。名前だけを尋ねられ、事故については特に何も聞かれなかった。

ほっとしたのと同時に、置かれている状況に納得している自分が嫌になる。

病院の美味《おい》しくないご飯を口に運び、テレビばかりを見て過ごした。交通事故のニュースをやっていた。アナウンサーは感情の籠《こも》っていない声で、ただ淡々ととある三人家族の交通事故について語っている。まだ若い夫婦と一人娘の命を奪ったのは、トラックの運転手の居眠り運転だった。連続三十六時間勤務という状況の中、心身ともに疲れ果てていた運転手がほんの数秒意識を失った瞬間、彼を含め、四人の命が世界から消えた、そんな風に言った。

違うのに。本当は違うのに。

家族は四人で、宇美は一人娘なんかじゃない。姉がいたのだ。でも、今はもう、アナウンサーの語ったものこそがこの世界の真実だった。

真っ赤に燃える世界。

呼吸すら困難になったその場所で、一人の少女が生き残っていたということを、いや、一人の女の子がいたことさえ、この世界の誰も知らない。そんな事実すらなくなっている。

叫びそうになった。でも必死に口をつぐんだ。ベッドのシーツに深い皺《しわ》が出来るくらい、きゅっと握って耐えた。

これは自分で選んだことだったから。

あっという間に事故から一週間が過ぎた。

少女はその日を、時計の針を見ながら過ごした。チクタクと音が鳴り、あっさりと時間が過ぎていく。十時五十四分。たった一瞬で世界は書き変わった。

二度目の改変だ。

これでもう、ここにもいられない。

ベッドにもぐっていた少女はすでに病院を出ていく準備を終えていたけれど、どういうことが起こっているのかを自身の目で改めて確認する為《ため》、その時がくるのをじっと待った。

それは案外、すぐにきた。

最初に悲鳴が聞こえた。知っている声だ。この病院で一番自分に優しくしてくれた、まだ若い看護師の声だった。お菓子をくれた。本が好きだと言ったら、面白い本を貸してくれた。その看護師が少女を見て驚いていた。得体の知れないものを見るような目を少女に向けている。声を聞きつけ、次々に人が集まってきた。

中には少女の主治医もいた。

少女は医師の名前も看護師の名前も知っていた。頭の中で言ってみる。この人は、神崎《かんざき》先生。看護師のお姉さんは谷尾《たにお》さん。

神崎先生が近づいてくる。少女もまたベッドから体を起こして立ち上がり、先生と向き合った。神崎先生はそして、こう言った。

「君は、誰だ？」

質量を持たないはずの言葉が、思っていたよりずっと重くのしかかってきた。

少女がふらっと出口へ向かうと、群がっていた人たちは避けるように道を開けた。振り返ると、ドアの前にかけられたネームプレートの文字も消えていた。ベッドに入る前に確認した時には、まだ自分の名前があったのに。たった三十分前のことだ。その間、誰も少女の病室だった部屋の前を通っていない。

階段を下り、裏口から病院の外に出る。

家族もいない。

帰る場所もない。

あるのは命だけ。

途端に感情が爆発した。止めることは出来ない。どこにもぶつけられない想《おも》いが暴れまわっている。少しでも吐き出さなければ、壊れてしまう。

「あ、ああああああああああああああああああ――」

走り出す。

空には月もなく、星だけが輝いていた。吐く息は白く、冬だった。雪はまだ降っていなかった。なのに、とても寒い。喉が、ひりひりと痛んだ。

「ああああああああああああああああああああ――」

空に吠《ほ》えた。

世界に叫んだ。

涙があふれていた。

少女のことを知っている人は、もうどこにもいない。

少女は、わたしは、この世界で独りだ。

❄

小さな公園のベンチで、名前も知らない少年からもらったチョコレートを齧《かじ》った。齧《かじ》って驚いてしまう。甘い味がしたのだ。この数年、何を食べても味なんてものを感じなかったのに。チョコは齧《かじ》るたびになくなっていった。小さくなるチョコを見て悲しくなる。ああ、そうか。これが〝悲しい〟だ。まだ自分にもそんな感情が残っているなんて。

「行こう」

立ち上がる力もないくせに、そんな風に呟《つぶや》く。

寒さのせいか、手は麻痺《まひ》していて触れても感触がなかった。死体みたい。そんなことを思いつつ、小さくなったチョコを舐《な》める。齧《かじ》る。甘い。涙が出そうなほど、甘い。

五分もすると、チョコレートは全部胃の中に収まってしまった。

背もたれに体を預け、力を抜いて空を見上げた。

灰色の雲が、わたしだけをこの時間に置いていくように流れていく。風が強いのか、すごく速いスピードで歪《ゆが》み、姿を変え、遠くへいってしまう。

「何してるんだろう、わたし」

答えはない。分かってるよ、そんなこと。

ぐしゃぐしゃに丸めた外袋をゴミ箱に捨てようとしたところで、自分でも分からないけど、どうしてか外袋の皺《しわ》を両手に挟んで広げ、ポケットにしまった。

一瞬だけ考え、ポケットから手を出さずに立ち上がる。行く当てもないままに歩き出す。

外袋を捨てなかったことに、特に意味なんてない。でも、そもそも今のわたしの人生もそんなものだ。息をしているだけ。歩いているだけ。時間を過ごしているだけ。ほら、どこにも意味なんてない。どうせ、また消《き》えてしまうのだ。

それが、わたしが生きる為《ため》に支払わなくてはいけない代償だから。

あの日、わたしが摑《つか》んだ光は〝何か〟だった。そう、まさしく〝何か〟。この世界に無数に存在するありとあらゆる言葉を尽くしたって、きっとぴったりな表現はないだろう。強いて最も近いものを挙げるとするならば〝奇跡〟だろうか。

〝何か〟に触れたわたしは、いろんなことを知った。

例えば、世界というのはすでに終焉《しゅうえん》までの流れが決まっているということとか。人はその流れのことを運命とか、歴史だとか呼ぶけれど、それは変えてはいけないものらしい。

考え事をしながら歩いていると、小石が靴の先にぶつかって転がっていった。やがて、わたしの後ろからやってきた少年が、その石を蹴った。石は草むらに入り込み、そこにいたらしい一羽の鳥が翼を広げ飛んでいく。

わたしが、今、ここで石を蹴ったからこそ起こったことだった。

運命の歯車が少しだけずれた。

この小さな歪《ゆが》みは、いつか遠い未来で大きな歪《ゆが》みに変わってしまうかもしれない。それこそ世界の運命さえ変えてしまうくらい大きなものに——

本来あの瞬間に死んでしまうはずだったわたしは、その時点ですでにそれから先の世界に存在していいものではなくなってしまった。故にこれからわたしが起こす行動の全てがブラックボックスとなってしまい、運命を変えてしまう可能性を秘めているのだそうだ。

一方で生きるという行為は、未来に向かう行為である。わたしから未来を奪ってしまっては、そもそもの意味がない。

結果、代償として過去を奪われた。遠い遠い未来に変革の牙が届かないうちに、過去を修正することで根を断ち、未来へ向かうレールを真《ま》っ直《す》ぐ正す。

毎週火曜日午後十時五十四分を境にして、過去のものになってしまった世界でわたしの存在は消される。名前も顔も覚えている人はいない。そしてわたしがいなくなることで出来た空白は、違和感のないように埋められてしまう。

わたしが全てと引き換えに手に入れたのは、たった一週間の未来だけ。

神様は八日目を用意しない。

まるで椅子取りゲームのよう。

一日が過ぎるごとに座る椅子がなくなっていき、八日目には全ての椅子が消えてしまう。ゲームオーバー。それでも続けたければ、初めから。

分かっていた。全部分かった上で、わたしは光を摑《つか》んだ。

だから、誰かを責めることも出来ない。

このまま生き続けるしかない。

時間つぶしも兼ねて遠回りをしながら駅の方へ向かっていると、どこからかみゃあという声が聞こえた。どうしてだろう。足が止まっていた。

今にも消えそうな小さな声が、何度も何度も聞こえてくる。

「みゃあ、みゃあ」

溝のあたりだ。雑草が生えていて見えないが、そこに何かがいる。周りを見回したが、わたし以外に誰もいなかった。みゃあ。わたし以外に誰にも届かない声。

その辛《つら》さを知っている。

その寂しさを知っている。

その絶望を、わたしは誰よりもよく知っている。

気付けば雑草を掻《か》きわけ、溝の中を覗《のぞ》き込《こ》んでいた。

「みゃあ」

薄汚れた子猫がいた。泥に塗れて、もともとの色が分からない。まだ生まれてから日が浅いのだろう。手も足も体も声も、全てが小さかった。けれど青色の瞳だけは大きかった。まるで宇宙から見た地球のようだ。宇宙から地球なんて、見たことないけれど。

「みゃあ」

誰かを呼ぶ声からわたしを呼ぶ声に変わる。

青色の瞳がわたしを捉えていた。

わたしだけを捉えていた。

「一緒にくる？」

手を伸ばして、その毛に触れた。柔らかかった。温《あたた》かかった。温かさを感じたのも随分と久しぶりのことだった。

わたしはホテルに連れ帰ったその猫をシロと呼ぶことにした。洗ってやると、綺麗《きれい》な白色の毛並みをしていたからだ。

みゃあみゃあとわたしを呼んだのが嘘《うそ》のように、シロは無口なメスの猫だった。

ご飯は粉ミルクをスポイトで飲ませた。とても嫌がっているように見えたけれど、口に入れてやると案外素直に呑《の》み込《こ》んだ。

シロはまだ幼く、体力も万全ではなかったから、当然、わたしも外には出なかった。わたしは彼女を外に連れ出す気はなかった。

シロのそばで、椅子に座り本を読んで過ごした。

たまにシロが甘えるようにわたしの足をぺしぺしと叩《たた》くので、その時は抱きあげ、膝の上に置いた。そうするとシロは満足そうに眠ってしまう。わたしは命の重さや温かさを感じながら、ページを捲《めく》った。久しぶりに感じる誰かの体温、重さ。そういうものにわたしは確かに救われていた。

「眠ってばかりいると、太っちゃうよ」

シロは眠り続け、みゃあと鳴いてくれない。少しつまらない。ねえ、話をしようよ。

「あなた、こんなに綺麗《きれい》な毛をして、すらっとした体をしてるんだからもったいないよ」

「みゃあ」

うるさいと怒られてしまった。

昼寝の邪魔をされて、ちょっと不機嫌らしい。そんなことすら、なんだか嬉《うれ》しかった。たまにかまいすぎて爪を立てられることもあったけれど、痛みすら心地よい。

誰かにつけられた傷は、誰かと触れ合った証《あかし》なのだ。

「ごめんごめん」

毛を優しく撫《な》でてあげると、シロはすうすうと再び眠りにつく。

「ああ、なんだかわたしまで眠くなっちゃった」

本を閉じ、机の上に置いて、わたしもまた目を閉じた。椅子に座り、猫が膝の上にいるというひどい体勢なのに、ぐっすりと眠れそうな気がした。意識が、ここどこかの間を行ったりきたりしている。やがて落とし穴にはまるように、あっという間に眠りに落ちた。

どれくらい時間が経《た》ったのだろう。

目を覚ますと、辺りはどっぷりと闇に浸《つ》かっていた。変な体勢で寝たからか、まず首が痛んだ。次に背中。足は痺《しび》れていたが、今はまだシロがそこにいるから動かせない。手を伸ばして、机の上のリモコンをなんとか手に取り、ボタンを押した。オレンジ色の光が、まるで淡い炎のように八畳の部屋を灯《とも》す。

凝り固まった筋肉をほぐすように、んーと体を伸ばしながら時間を確認する。十時五十七分。五十四分を三分過ぎている。どうやら八時間近くも寝てしまったらしい。

今日は火曜日だ。改変はすでに行われている。

ここも出ていかないとな。でも、その前にこのお寝坊さんに起きてもらわなくちゃ。

目を覚ましたら、シロは驚くだろうか。

シロの中にわたしはもういない。

ただシロは猫だから、君は誰？　なんて聞いてこないだろう。ご飯をあげたら、また懐《なつ》いてくれるはず。

「ね、シロ」

シロに声をかけながら、その毛を撫《な》でた。でも次の瞬間に驚いて、慌てて手を離した。

シロの体は硬かった。冷たくなっていた。

「シロ、あなた死んじゃったの？」

事実を確認する為《ため》だけに、ゆっくりと尋ねた。

みゃあとシロが鳴くことはもう永遠になかった。

それが答えだった。

きっとシロは、あの溝の中で死んでいく運命だったのだろう。食べるものがなくて、飢えと寒さで死んでいくはずだった。それをわたしが救った。

けれど本来、死ぬはずの生き物が死を越えて未来に行くことは出来ない。

だからわたしがこの一週間、シロに与えた食事はなかったことにされたのだ。そういう風に世界の修正が行われた。

魂がなくなって力の抜けたシロの体は、生きていた頃よりもずっと軽い気がした。魂の重さは二十一グラムなんて言われているけれど、本当だろうか。

ぽたりと涙が落ちた。

シロの柔らかな毛に玉になった涙が絡《から》まる。

「ああ、ううう」

歯を食いしばって、嗚咽《おえつ》に耐えた。いつもなら口を閉じることなんて簡単なのに、どうしていつもの何倍もの力を込めても閉じない。隙間から、言葉にならない声が漏れる。

涙を、止めたいのに。

だって、こんなの全然綺麗《きれい》な涙じゃない。

シロの為《ため》に泣いているんじゃないのだ。わたしは、わたしの為《ため》に泣いている。やっと手に入れた温かさが消えていく寂しさが、心細さが、涙になって落ちていく。胸が痛んだ。心の一番柔らかいところを容赦なく抉《えぐ》られ、傷つけられた。

歯をガチガチと噛《か》み、手をつねった。痛かった。

でも、心の方がもっとずっと痛かった。


いつまでもシロの遺体をそのままにしておくわけにもいかず、次の日、わたしはシロを埋めてあげる場所を探した。

もしわたしが死んでしまったら、朽ちていく体なんて誰にも見られたくなかった。シロもきっと同じだろう。

スーパーで段ボール箱を貰《もら》い、綺麗《きれい》な白いバスタオルをひいてその上にシロを乗せた。シロは何度見ても眠っているだけのように見える。声をかけたら、目を開けないかな。また、みゃあって鳴いてくれないかな。引《ひ》っ掻《か》いてくれてもいいんだけどな。

そんなこと、ありえないって分かっているけれど。

シロの抜け殻は駅から少し離れたところにある空き地に埋めることにした。私有地なんて書かれている看板が立っているけれど、構うもんか。スコップで土を掘り返していく。

何をしているのだろうと、好奇の目が背中を刺し、流れていくのが分かった。人通りの少ない道に面した空き地といえども、全く人が通らないわけではない。ただ、声をかけてくるような変わった人間は一人もいなかった。一瞥《いちべつ》だけを残し、目を向けると顔を背けてしまう。

作業はもくもくと進んだが、進めるたびに、これもなかったことにされてしまうのではないかという恐怖が疲れとともに肩に重くのしかかってきた。わたしが一人で行った行為は修正の際になかったことにされる可能性が高いのだ。いろんな人に目撃されてしまうとなおさら。

それでもやるしかなかった。

わたしには頼れる人なんていないのだから。

この数年で体力がめっきり落ちてしまったのか、シロの小さな体くらいの穴を掘るにも随分と時間がかかってしまう。きん。不意に高い音が尾を引いて鼓膜を震わせた。

「痛っ」

どうやら地中に埋まっていた岩に当たったらしい。スコップを握る手がじんと痛んだ。わたしは——普段なら絶対しないことだけど——地面にそのまま腰を下ろした。買ってあったペットボトルのお茶を、ゴクゴクと喉を鳴らしながら体内に取り込む。手のしびれがとれるまで、いくらか時間がかかった。

その時、頭上から声がした。

「何してるんだ？」

見上げると、そこにはわたしと同年代の男の子が立っていた。少年は、赤い線の入った黒いジャージを着て、大きなショルダーバッグを肩にかけている。いつか見た顔だ。

「またあなたなの？」

「あれ、どこかで会った？」

少年は不思議そうにしていた。

ああ、そうか。彼と会ってから、二度の改変が行われているのだ。彼の記憶に、わたしのことは残っていない。追いかけてきてくれたことも、チョコレートをくれたことも。

でもこの子なら、と思う。

見ず知らずの他人の為《ため》にチョコレートを買ってくるようなお人好《ひとよ》しならば、もしかしたらわたしの願いを聞いてくれるかもしれない。

わたしは立ち上がり、お尻の砂を払って、頭を下げた。無理やり貼り付けた笑顔は、多分、少しだけ強《こわ》ばってしまっている。しょうがないじゃない。笑顔の作り方なんて、忘れてしまったんだもの。

「ごめんなさい。人違いだったみたい。実は飼い猫が死んじゃって、お墓を作っているの。もしよかったら、手伝ってくれないかな？」

それでも少しはしぶるかと思ったけれど、少年は、分かったと頷《うなず》き、肩にかけていた鞄《かばん》を地面に置いた。それから地面に刺さっていたスコップを抜いて、ざくざくと土を掘り起こしていく。わたしは今度は地面にお尻がつかないようにしゃがみ込み、見た目よりもずっと大きく感じる背中に尋ねた。

「ねえ、どうして声をかけてきたの？」

少年は手を止めることなく答えた。

「なんだか君が泣きそうに見えたから」

「嘘《うそ》。そんな顔、してない」

自分の頬を触れてみた。指先は濡《ぬ》れていない。

泣いてなんかいない、よね。

「うん。でも、僕にはそう見えた。どうしようもなくて、困っていて、それでも必死で、諦めきれない顔。そうしたら、いてもたってもいられなくなった」

「分かった。あなた、変な人なんだ」

「ひどいな」

「言われたことない？」

彼は答えをはぐらかした。

「……僕は、いろんなことに執着や熱がないみたいでさ。だからかな。自分とは正反対に、真剣に何かをしようとしていたり、必死にあがいたりする人間に憧れたりするみたいなんだ。勝手かもしれないけど、そういう人には諦めて、格好悪くならないで欲しいって思ってしまう。理想を押し付けるんだ。代わりに手伝いくらいはするさ」

「そういう人がいたの？」

なんとなく聞いていた。

「そういう人って？」

「格好よかったのに、格好悪くなっちゃった人が」

「分かってはいるんだけどね。それがどれだけ辛《つら》くて、大変なことなのか。それでも——」

彼の言葉はだんだん小さくなって、最後には消えてしまった。けれど、そんなことを言う彼の言葉にはどこか熱が入っていて、わたしには執着も熱もないような人間には見えなかった。

だから、きっと彼は自分自身でそう思い込んでいるだけだ。

あるいは、まだその熱に値する何かと出会っていないだけ。

「ふうん。だったらいつか、あなたにも見つかるといいね」

「え？」

「欲しいって心の底から言わずにいられないほどのものをさ」

少年は笑っただけで、何も答えてはくれなかった。黙々と作業を続けてくれた。

やがて深い穴がわたしの前に現れた。シロを埋めるには十分だ。

「その子？」

少年は段ボール箱の中に横たわったシロを覗《のぞ》いた。

「うん」

「名前は？」

「シロって言うの」

「白いから？」

「そう。安直でしょう？」

「いいや。いい名前だと思う。名は体を表す、なんて言葉もあるし」

シロの遺体を土の中に埋めて、わたしたちは手を合わせた。墓標はなかった。何を祈ったのか、わたしは自分の事なのに分からなかった。

目を開けると、言葉がわたしの意に反して勝手に漏れていた。こんなこと、言うつもりはなかったのにな。

「この子ね、一匹で溝の中にいたの」

急に語り出したわたしを不審な目で見ることなく、少年は耳を傾けてくれた。

「まだ一週間しか経《た》ってないいんだよ。なんとなくね、呼ばれたような気がしたの。一緒にくるって聞いたら、みゃあって鳴いたんだ。でも、シロの命は一週間延びただけだった。あのまま溝の中にいたら、もっと早く楽になっていたんじゃないかって思うの。ねえ、この一週間延びただけの命に意味はあったのかな？」

それはわたしの命と一緒だった。

お父さんやお母さんや宇美たちがいなくなるのを横目に見ながら、自分だけ生き残った。けれども現実は優しいことばかりじゃなくて、いつしかわたしはなぜ自分があんなにも生きたかったのか分からなくなっていた。

冬の空にシリウスの強い輝きを見つける。

ギリシャ語で、焼き焦がすものの意を持つ青白い光。こんなことなら、あの炎の中でわたしも消えてしまった方がよかったのかもしれない。

でも現実としてわたしは生きている。自分の意思で生きることを選んだわたしは、あの全てをなくした夜からずっと、たった一つ、この命の意味を探していた。

「それでもさ、君が一緒にいてあげたんだろう？」

黙って話を聞いていた少年が口を開く。

「もしシロの一週間延びた命に意味があるとしたら、それはきっと君の中にあると思う。こんなに悲しんでもらえるほど、愛してもらったんだ。その機会をもらったそれだけで、この子は幸せだったんじゃないかな。ああ、そうだ。だって」

——君はこの一週間のことを忘れないだろう。

彼はそう言い切った。

「そこに生きた意味がある？」

「少なくとも僕はそう思う。シロはどう思うか分からないけどさ、僕はそう思う。誰かの心にずっと棲《す》むことが出来るなら、それくらい愛されたのなら、それはきっと命への祝福だから」

少年の言葉が、驚くほど胸にしっくりきた。

そうか。誰かの心にずっと棲《す》むことが出来たら、それが生きた意味になるのか。そうすることが出来るのなら、わたしのこの命にも少しは意味が見出《みいだ》せるのかもしれない。

わたしは隣にいる少年を見た。このどこまでもお人好《ひとよ》しの少年なら、わたしがいなくなって何年経《た》ってもきっと、わたしのことを覚えておいてくれるだろう。

ずっとずっと考えていた、わたしの命の使い道。

うん、決めた。

「ねえ、あなたの名前は？」

「瀬川春由《せがわはるよし》。君は？」

ただの少年だったものが、わたしの中で瀬川春由という輪郭を得る。

声に出さず、わたしは瀬川くんに声をかけた。

ねえ、瀬川くん。

わたしのことを好きになって。

心に刻み込んで、ずっとずっと覚えておいて。

それが叶《かな》う時、わたしはきっと——。

そんなことを思いながら、にっこりと笑った。

「わたしは、椎名由希《しいなゆき》。よろしくね」

消えてしまった言葉の
その先を

Contact. 137

「この席、使ってもいいかな？」

見ず知らずの女の子に声をかけられた。

市営図書館の自由スペースで、夏休みの宿題を片付けている時のことだ。りんと響いて、いつまでも耳に残る風鈴の音《ね》のような声だった。

周りを見回すと、他の机も僕と同じように参考書を広げて勉強している学生で埋め尽くされていた。特に赤本と呼ばれる大学入試の過去問と格闘している人が多い。受験生。一年後の僕の姿がそこにはあった。

「どうぞ」

スペースを半分あける為《ため》に使っていない教科書を鞄《かばん》の中に仕舞おうとしたところ、このままで大丈夫だよ、と彼女は手をひらひらと振った。

「本を読むだけだから、これだけあれば十分。そっちは夏休みの宿題？」

「うん」

「じゃあ、静かに読むね」

人さし指を立てて薄い唇につけ、しーっと息を吐き出すように白い歯を覗《のぞ》かせた彼女は、第一印象よりずっと幼く見えた。それでも、僕よりいくらか年上だろう。雰囲気に余裕がある。

言葉の通り、基本的には静かに本を読んでいた彼女だが、時折、小さく笑ったり、ぐすんと鼻をならしたりした。音に釣られ思わず彼女の方を見ると、頭を下げられてしまった。なんと

なく悪い気がしてしまい、すみませんと謝ると、一瞬だけきょとんとその大きな目を見開き、

「なんでそっちが謝るの？」

途端にくすくすと笑い出した。もっと彼女の声が聞きたいなと思った。

願いは思っていたよりも早く叶《かな》った。トイレから帰ってくると、彼女は本を読む手を止め、僕の問題集をじっと見ていたのだ。

僕が席に着くと、内緒話でもするみたいに彼女がささやいた。

「問三、間違えてるよ」

それから僕のシャーペンをさらさらと動かし、一分もかからず僕のものとは違う答えを導き出してしまう。答えを確認すると、そこには彼女の答えと同じ数値が書かれてあった。

「数学、苦手なの？　教えてあげようか？」

彼女がにっこりと笑い、その細い指を器用に使って長く伸びた髪を耳にかけると、途端にふわっと甘い香りがした。何の匂いなのか、少し考えて答えを出す。

桜の匂いだ。

高校二年の夏のこと。

こうして僕は椎名《しいな》由希《ゆき》と出会った。


朝の空気を肺いっぱいに吸い込んで家を飛び出した。

夏の課題。筆記用具。財布にスマホ。それからタオル。足を踏み出すたびに鞄《かばん》の中でそれらが混ざり合い、がちゃがちゃと音をたてている。

駆け出す足がぐんと伸びて、世界はいつもよりほんの少しだけ速いスピードで回り始めた。僕を、僕の気持ちを、どんどん前へと運んでいく。途中で右に曲がり、川沿いの遊歩道を進む。川の表面がキラキラと光の粒を滑らせ、空気にすら夏の光がたっぷり含まれている気がした。はっ、はっ。額に汗がにじんでくる。

中学で陸上を辞めてからも定期的に走ってはいるけれど、やはり全盛期に比べると体は動かなくなった。まあ、でもそれでいい。そう思う。全ては過ぎ去ったことだ。

僕は、中学最後の夏に〝憧れ〟を超えた。

あの日、気が付けばゴールが後ろにあった。ああ、やり遂げたんだ。そう思ったのは一瞬で、そこには僕の望んでいたものは何もなかった。でもそこは確かにゴールのむこう側だった。

中学の三年間走り続け、辿《たど》りついた場所。

何かが僕の中で暴れていた。

諦めたはずのものだった。

手放したはずのものだった。

終わったはずのものだった。

僕はスピードを落とし、そいつらが落ち着くのをじっと待った。足もとには真っ黒な影が、少しもぼやけることなく張り付いていた。蟬《せみ》の声が聞こえてきた。記憶がはっきりと蘇《よみがえ》る。

一人ぼっちで記録を更新した部活の終わりは、その夏の一番暑い日だったっけ。

そんなことを考えていると、いきなり声がした。

「道路の真ん中で何してんの？」

びっくりした。

クラスメイトの竜胆朱音《りんどうあかね》だった。

女の子にしては短い髪が額に影を作り、そこから玉になった汗が滑り落ちていく。

夏休みだというのに、私服ではなく制服姿だ。部活にでも行くのだろうか。

「ぼうっとしてた」

あはははと笑ってごまかすと、朱音は本気で心配してくれた。

「熱中症じゃないの。大丈夫？　あたし、水でも買ってきてあげようか？」

「これから図書館に行くんだ。ロビーにウォータークーラーがあるから大丈夫。朱音は今から部活？」

朱音は自転車に乗っていて、小さなカゴにはバッグが雑に押し込まれている。朱音が部活に行く際に、持って行くのを何度か見たことがあるオレンジ色のバッグだ。

「スケベ」

僕の視線を変に脚色した朱音はそう非難した。

「何でだよ」

「だってバッグを見てた。何が入ってるか分かってるんでしょう？」

「水着だろう？　でもそれくらいでスケベなんて言わないで欲しいな」

しかし朱音は僕の答えににやりと笑った。

「残念。下着でした」

「どうして」

「だって、水着はもう着てるもん」

そう言って、朱音はスカートのすそをぴらっと捲《めく》った。黒いスクール水着がスカートの端から少しだけ顔を出す。

「朱音。一つ言っておくけど、そういうことはいくら水着でも止めた方がいい。古い歌にもあっただろう。男はオオカミだから、気を付けなさいって」

「ほら、やっぱりスケベじゃない」

けたけたと朱音は笑う。完敗だ。

気が付けば、あれだけ暴れていた何かはもうどこか遠くへ消え去っていた。代わりに、もっと直情的なものが顔を出そうとしていた。水着であれ、下着であれ、本来見てはいけないスカートの奥にあるってだけで、男の性が疼《うず》いてしまう。

仕方ないじゃないか。誰に言うわけでもなく、言い訳をする。

僕だって、健全な高校二年生の男なんだ。

「ありがとう」

何となくそう口にすると、朱音はドン引きした顔で急に距離を取った。

「へ、へへ、ヘンタイだー」

何で礼を言って、そんなことを言われなくちゃいけないんだ。

一瞬だけ考えて、はたと自分の失言に気付いた。

スカートの中を見てありがとうと言うなんて、僕はバカか。確かにヘンタイじゃないか。

「朱音。違うぞ」

「何が違うの」

本気で気持ち悪がっている声だ。

「僕はスケベだけど、ヘンタイじゃない」

「どう違うの」

朱音はだんだんと離れていく。ああ、違うんだって。本当に違うんだ。でも僕が否定すればするだけ、朱音との距離は開いていく。もう話すというより叫ぶって感じの距離になっていた。

「おーい、ヘンターイ」

「名前を呼ぶ感じで、僕をヘンタイと呼ぶな。僕はそんな名前じゃない」

「じゃあ、スケベー。明後日《あさって》の約束覚えてるー？」

ああ、くそ。自分で認めてる分、否定出来ない。

「分かってるー。六時に神社だろう?」

「そー。あたしさー」

「んー?」

「楽しみにしてるー」

「そっかー」

「浴衣《ゆかた》着て行くから、スケベも楽しみにしてていいよー」

それだけ言うと、僕の返事も聞かず朱音は自転車を漕《こ》ぎ始《はじ》めた。学校の方へ向かう背中を見送りながら、僕はどうでもいいことを考えていた。ああ、本当にどうでもいいことだ。浴衣《ゆかた》って、下着をつけないって本当かなあ。


図書館のロビーでウォータークーラーに口をつけた。冷たい水が喉を滑り、胃に落ちていく。かつて僕はこいつが苦手だった。下を向いたまま水を飲むことが出来なかったのだ。口に含んだ水は、重力に従って僕の口から零《こぼ》れていった。

一体、いつからこうやって水が飲めるようになったのか。

記憶は思い出せないほど深いところに沈んでいて、引っ張ってくるのは困難だった。ご飯を食べたり、一人でトイレに行ったり、自転車に乗れるようになったり。

多分、そんなのと一緒だ。いつの間にか出来るようになっていた。

喉を水でたっぷりうるおしてから、自習室へ向かう。ガラス製の扉を押すと、クーラーの冷たい空気が漂ってきて心地いい。

壁際《かべぎわ》の机に由希を見つけた。

初めて会った日に机に積んでいた二冊のうちの一冊をまだ読んでいるらしい。由希と出会ってからもう三日になるけれど、彼女の読書が進まない理由は僕にあった。僕はあれから勉強を教えてもらっていた。特に数学の宿題は、彼女の力なしではどうも終わりそうにない。

「おはよう」

僕の方から由希に近づき、彼女の前の席に腰掛けた。

「おはよう、由《よし》くん」

「遅れてごめん」

別に時間を決めていたわけじゃないけれど謝った。教えてもらう側の僕が遅くくるのは違う気がしたから。

だからちょっと早めに家を出たし、走ってきたわけなんだけど、今日は朱音と話していたから予定より遅くなってしまったのだ。明日はさらに早く出よう。そう固く決意する。

「んーん。気にしなくていいよ。わたしもさっき着いたばかりだし」

「でも、女の子を待たせたらやっぱりダメだよな」

「ふふ。由くんは本当に真面目だなあ。そういうところは変わらないよね」

「え？」

「なんでもない。それより昨日の問題は解けた？」

「いや、それがどうやっても解けなくて。使う公式は合ってるはずなんだけど、答えが合わないんだ」

「うーん。由くん、単純なミスが多いからなあ。案外、それが理由だったりして。見せて」

あ。ノートを覗《のぞ》き込《こ》んだ由希がそんな声をあげるまで一分もかからなかった。

「ほら、やっぱり」

呆《あき》れた感じで、由希は式の変形過程をとんとんと指さす。

どうやらマイナスを書き忘れていたらしい。

あはははと笑ってごまかそうとすると、デコピンをされた。ペチン。軽快な音がして、反射的に額を押さえた。音のわりには痛くなかった。加減してくれたのだろうか。

「すみません」

「次からは気を付けるように」

「はい、先生」

先生という響きが気に入ったのか、由希はにっこりと笑った。

「よろしい」

閉館時間まで勉強をしていても、日は沈んでいなかった。まだはっきりと太陽の全体像を見ることが出来る。

それでも傾いた日の光は世界を驚くほど鮮やかに染め、僕らの影を長くしていた。

いつも通り由希を駅前まで送っていく途中、彼女が僕の影の胸のあたりを、とうっ、と踏んだ。踏まれた場所がきゅっと痛む。ちょうど心臓のあるところ。

「何してるの？」

「影踏み。これで由くんもわたしの仲間だね」

「あれ、影踏みってそんなルールだったっけ？　確か、タッチする代わりに影を踏まれた人が鬼を交代するだけだよ」

「なんだ。由くんもわたしみたいになるんじゃないのね」

「由希みたいって何？」

人さし指を顎に当てながら、わざとらしく由希は言った。

「えーっと、美少女？」

「自分で言うな」

えいっ、と由希の頭を軽くチョップすると、いたーいと大げさに由希は騒いだ。いたーい、暴力だ。女の子を叩《たた》くなんて最低だ。由希は文句を言いたいだけ言い続けている。僕は彼女の綺麗《きれい》な声に耳を傾けつつ、無言を貫いた。

唇を尖《とが》らせる由希はやたらと可愛《かわい》くて、ずっと見ていられた。

歩き続けていると、影の位置が変わっていった。由希の影が後ろを歩く僕のもとへ移動する。

「次は由希が鬼だ」

「うむ」

ぐるぐるぐるぐると遠回りしながら、僕たちは町を歩いた。

太陽の位置を計算し、相手の影が自分の足もとにくるように歩いていく。僕の影が由希の下へと移動する。かと思えば、由希の影が僕の足もとへ。立っている場所が違うだけで、こんなにも違った風景が見える。

右に曲がり、左に曲がり、路地に入る。太陽の位置と影ばかりを気にしていて、いつしか、自分たちがどこにいるのか分からなくなっていた。

あれ、と先に気付いたのは僕の方。

「由希、この辺り分かる?」

「ううん。覚えがない」

「まあ、でもそんなに長くは歩いていないし、大丈夫だろう。ちょっと戻ってみようか」

「そうだね」

体の向きをくるりと変えると、急に由希が僕の手を握ってきた。指と指の間にするりと由希の指が滑り込んでくる。途端に体中の電気信号がせき止められ、体がぴしりと硬直してしまう。そんな僕の緊張をほぐすように由希の指はたどたどしくも動き、やがてもっとも収まりのいい位置を見つけ、きゅっと固定された。手のひらが少しの隙間もないほど重なっている。

「え？」

「あ、ごめん。迷子になったんだと思ったら、つい」

「えっと、もしかして心細かったりする？」

「ううん。というか、小さな頃の癖かな。妹とはぐれないようによく手を繋《つな》いでたから」

「なるほどね。僕にも覚えがある」

手を離す様子がなかったから、僕も何も言わず由希の手をそっと包み込んだ。

どれだけの力を込めればいいのか、加減が難しかった。妹の夏奈《なつな》の手も由希に劣らず小さかったけど、それとは全然違っている。由希の手に触れる方がもっとずっと緊張する。

「もっと強く握って」

「え？」

「ちゃんと分かってるから。由くんが、わたしに気を使って優しくしてくれてるのは。でも、今はさ、もっと強く握って。いつか、あなたがコンビニでわたしの手を取った時のように」

「そんなことあったっけ？」

僕の質問に、なぜだか由希は怒ったように手に力を込めた。

「いってぇ」

「これくらい強くてもいいよ」

「でも、痛いだろう？」

「離れないように、離さないように、握って欲しいの」

「分かった」

僕はおずおずと手に力を込めていった。手のひらが熱くなる。頬が熱をもつ。耳が熱い。ぎゅっと握った手が離れないように願う。これは何なのだろう。

この熱の名前は――。

「うん。たまには迷子もいいね」

満足したように由希は頷《うなず》いた。

「え、ああ、うん。この非日常ぽさはたまにはいいよね」

「そうじゃないんだけどなあ」

だけど少し戻ると、すぐに知っている道が目に入ってきた。いつも通っている道を一本、奥に行っただけだ。このまま真《ま》っ直《す》ぐ歩けば公民館があり、大通りに抜けられる。

「なんだ。迷子って言うほどのものでもなかったね」

由希がぶんと手を振って、こちらを見てにやりと笑う。腕が引っ張られ、戻っていく。あははは。由希は上機嫌だ。今度は僕が腕をぶんと振る。由希の小さな体が前に倒れそうになり、反動で後ろに引っ張られる。うははは。僕も上機嫌だった。

いつまでも続けてくれると思ったのに、由希はしかしすぐに止めてしまった。

彼女は腕を振るのを止め、足を止《と》め、公民館の掲示板を見ていた。何か珍しいものでもあったのだろうか。

「どうしたの？」

「あれ」

由希が指さしたのは地元の夏祭りのポスターだった。真っ黒な紙に、花火の写真が載っている。毎年この時期になると、商店街とかにやたらと貼られているから特に目新しさもない。

「ああ、信女祭《のぶめまつ》りか。明後日《あさって》あるんだ。僕は――」

「あのさ、由くん、もしよかったら」

「クラスメイトと一緒に行く予定」

意を決したように僕を呼ぶ由希の声と、僕が続けた言葉は全く同じタイミングで重なった。

「「え？」」

続く一音は、タイミングも言葉も、伴う感情すら一致していた。ただし、由希は僕より早く傾《かし》いだ心を立てなおした。僕には無理だった。混乱していた。

「いつ約束したの？」

「え？」

「いつ？」

「ええっと、二日前の夜に誘われて、クラスのみんなと行くことになったんだ」

「二日か。夏休みだから油断してたなあ」

由希は空を見上げ、悩むように目を瞑《つぶ》った。その前髪が垂れ、頬に当たっていた。真《ま》っ直《す》ぐ伸びた首の腱《けん》を美しいと思った。眉間には皺《しわ》が寄っている。ああ。ため息と共に手が離れ、由希の体温が遠くなる。

「……約束、本当になくなっちゃった」

由希が僕を置いて走り出す。待って、くらい言えばいいのに、僕は未だ混乱していてそんなことすら言えずにいた。

少し距離をおいたところで由希は振り向き、こちらを見た。光は彼女の後ろにあって、どんな顔をしているのかすら分からない。

「またね」

そして由希は再び踵《きびす》を返《かえ》した。またねと言われたから、当然明日も会えると思っていた僕は、能天気にまたなーとその背中に叫んだ。

でも、次の日も、その次の日も、由希はもう図書館にこなかった。

❄

「あんたあ、これ、着らんと透けてしまうで」

スリップの上から浴衣《ゆかた》を羽織っていると、声が聞こえた気がした。どこの方言かも分からない老人特有のしゃがれた声だ。そうそう、袖に手を通してな、引っ張る。上手《うま》いやないか。後はそこを調整してな。見栄《みば》えようせなあかんよ。うん、ええ感じや。

辺りを見回したけど、当然、ホテルの一室にはわたししかいない。

ここはな、こう、くるっとするんや。

おばあちゃんの声に誘《いざな》われるようにしていると、一年ぶりだというのに綺麗《きれい》に浴衣《ゆかた》を着ることが出来た。紺色の浴衣《ゆかた》だ。赤と黒の二匹の金魚が川を泳いでいる様子が描かれている。一度しか会ったことのない、名前すら知らないおばあちゃんがわたしに残してくれたもの。

姿見の前でくるりと回って、生地に皺《しわ》がよっていないことを確かめる。うん、完璧。洋室風の部屋というのが雰囲気に合ってなくて残念だけど。

浴衣《ゆかた》は、あのおばあちゃんがいた古くて懐《なつ》かしい感じの家が似合う。

わたしがそのおばあちゃんに出会ったのは、今からちょうど一年前の夏のことだ。

その日、わたしは由くんと夏祭りに行くことになっていた。夏祭りに花火。と言ったら、浴衣《ゆかた》だろうということで、わたしが向かったのはどこにでもある古い民家だった。

実はずっと気になっていた。

家の門の前に、『浴衣《ゆかた》・着物のレンタルします』そう書かれた看板が立っていたから。木で出来たわたしの腰くらいまでしかない門を押すと、キイと音がして敷地《しきち》の奥へ道が繋《つな》がる。その先にある縁側でぱたぱたとうちわを扇《あお》いでいたのが、おばあちゃんだった。

目は細く、シワのせいで一瞬どこが目なのか分からなかった。真っ白な髪はきちんと手入れしているのだろう、艶々《つやつや》と輝いている。

「なんや、誰え？」

言葉は厳しい感じがするのに、どこか温かく感じるのはなぜだろう。

「あの、わたし、表の看板を見て。浴衣《ゆかた》を貸して欲しくて」

「看板、看板。あー、あれはなあ、もうずいぶん前に止めてしもうたんや。すまんなあ」

「え、そうなんですか」

がっくり肩を落とす。実は浴衣《ゆかた》を着るのには憧れがあったのだ。

おばあちゃんはすまんなあ、なんて言いながらどこか楽しげにうちわを扇《あお》いでいる。

「しかし、お嬢ちゃん、えらい綺麗《きれい》やなあ。まだ可愛《かわい》くなりたいんか？」

「……はい」

「男かい？」

「はい」

「惚《ほ》れとんのか？」

おばあちゃんはにこーっと笑ったが、残念。少しだけ違っている。

「ううん。でも好きだって言ってもらいたいんです」

「あんた、悪い女やねえ」

「そうでしょうか？」

もちろん自覚はあったが、嘯《うそぶ》いた。

「まあ、女はそれくらい強《したた》かな方がええけどな。でも、そうかい。そらあ、いっとう可愛《かわい》くせんといかんねえ。ま、もうわしが着ることもないやろうし、これもなんかの縁やろう。ええもんやろうかねえ」

よいしょと重そうに腰をあげて、おばあちゃんはゆっくりと家の奥に入っていく。どうしていいか分からず庭先で棒立ちしていたわたしを、しばらくしてからおばあちゃんは呼んだ。

「ほら、なんしよんのん。こっちきない。可愛《かわい》くしたるから」

おばあちゃんに言われるがままに縁側から家に上がる。家具というか、物自体が少なかった。生活するのに最低限のものだけを揃《そろ》えているって感じ。そんな中、やけに立派なタンスの中を丁寧な手つきでおばあちゃんは漁《あさ》っていた。

部屋の中は古い家独特の匂いでいっぱいだった。いろんなものが混じっている。生きるということ。老いるということ。死ぬということ。人の一生を凝縮したような濃い空気。

わたしがはしたなくキョロキョロと家の中を見回していると、やがておばあちゃんが、あった、あった、と声を上げた。

「少し古いけど、まだ着れるはずや。ほら、それ脱いでこれを着ない」

おばあちゃんが取り出したのは、ひと目で高価だと分かる紺色の浴衣《ゆかた》だった。

「え？」

「はよしい」

びしっと一本筋の通った声に、わたしは言われるがままに服を脱いだ。

そのまま浴衣《ゆかた》を羽織ろうとすると、

「あんたあ、これ、着らんと透けてしまうで」

そう言ってスリップを渡される。肩から吊《つ》るすことにより胸部から腰まで垂れるその下着は、あまりにみずぼらしくちょっとだけ躊躇《ちゆうちよ》したが、黙って従うことにした。

「そうそう、袖に手を通してな、引っ張る。上手《うま》いやないか。後はそこを調整してな。見栄《みば》えようせなあかんよ。うん、ええ感じや」

おばあちゃんは決して手を貸してくれなかった。わたしが間違うたびに何度も何度も注意だけを繰り返した。わたしが帯の通し方で困っていると、おばあちゃんは尋ねてきた。

「信女様のお祭りに行くんやろ」

「はい」

「わしも若い頃にじい様と行った」

「はい」

「けど、じい様があっちに行ってからは一回も行ってない。花火のな、色が見えんことなってしまってな」

「そうなんですか？」

「年のせいやないで。気持ちの問題。そこ、違う。そう、そっちを持つんや」

「こうですか？」

「そうや。後はこう引っ張る。よし、出来たねえ」

気付けば、姿見の中に浴衣《ゆかた》に着替えた自分がいた。ちょっと感動だ。

「うん、べっぴんさんや。こんなべっぴんさんを好きにならん男はおらんやろ。ちゃんと好きって言ってもらいない。そんでな、来年もその先も可愛《かわい》らしい笑顔でこの浴衣《ゆかた》を着てってや」

わたしはおばあちゃんにお礼を言い、由くんとの待ち合わせ場所に向かった。

わたしを見た彼は見たこともないくらい目を大きく見開き、その後水を浴びた犬みたいにぶんぶんと顔を振った。可愛《かわい》いだとか綺麗《きれい》だとかの言葉を期待していたわたしには少し物足りなかったが、まあ、赤くなった頬を見られただけで満足しておこう。

橋の上で、花火を待ちながら二人並んでかき氷を食べた。

「由希は知ってるかな？　かき氷のシロップって色が違うだけで味は同じなんだって」

舌をレモン色にした由くんの横で、わたしは青色をした氷を口の中に運んだ。最初の三回くらいはしゃりしゃりと歯ごたえがあるが、直《じき》に溶けて食感はなくなってしまう。

「そうなんだ」

本当は知っていた。

だって、それ、わたしが貸した小説に書いてあったことだもの。でも、その事実を由くんは知らない。きっと図書館で借りたことにでもなっているはずだ。

「前に小説で読んだことがある」

「じゃあ、これとそれは一緒の味なのね」

「らしい」

「ちょっと試してみよう」

由くんから了承をもらう前に、わたしは自分のスプーンで彼のカップからレモン色のかき氷を掬《すく》って食べた。あ、と由くんが声をあげた。かき氷は甘かった。

「どう?」

「んー、分かんない。由くんも試してみる?」

そして今度は自分のかき氷を掬《すく》い、彼の口へと持っていく。彼は少しだけ困っていたが、わたしは気付かないふりをした。どうかしたの、なんて首を傾《かし》げてみる。

二秒くらいして、由くんは観念したように差し出されたそれに口をつけた。

「どう?」

「確かに分からない。同じような気もするし、違うような気もする」

「甘いのは甘いんだけどね」

そんなことを話していると、わたしたちの会話を終わりにするみたいに一つの花が空に咲いて、散った。大きな音に心臓が摑《つか》まれる。わたしたちの舌と同じ色をした光の花が、世界の色を変えていく。青に、緑に、黄色に、赤。

「綺麗《きれい》だね」

わたしは言った。

「そうだな」

彼も言った。

だから、それはあまりに自然な流れだった。

「来年もさ、由くんと一緒に見たいな」

「いいね。また一緒に見よう」

わたしはあの瞬間、多分、事故から初めて未来を望んだ。

まあ、そんな未来はやってこなかったわけだけど。

わたしはあの日と同じ浴衣《ゆかた》を一人で着て、今度は一人で神社に向かっている。

少しだけ大きな下駄《げた》が、カランコロンと音を鳴らす。

ふと、立ち止まったのは売りに出された古い家の前。

木で出来た門は、針金みたいなもので頑丈に閉ざされている。こうなったのは、祭りが終わってから数日後のことだった。


——ちゃんと好きって言ってもらいない。


そう言って、歯の抜けた口を大きくして笑ったおばあちゃんはもういない。

この浴衣《ゆかた》だけが、彼女とわたしが交流した証《あかし》だった。

「ごめんね、おばあちゃん。せっかく可愛《かわい》くしてもらったのに無駄になっちゃったよ」

❀

神社へと向かう足が、何となく重い。

別に祭りに行くことに不満があるわけじゃないんだけど、昨日からずっとこんな感じだ。頭の中で一人の女の子のことがずっと引っかかっている。

「お。瀬川《せがわ》が本当にきた」

境内の前に群がっていたクラスメイトたちが、僕の姿を見て声を上げた。

普段、こういう集まりに顔を出すことがないから驚いているのだろう。一人きりで行事ごとに参加することの多い僕は、一人でいることが好きだと思われているふしがある。去年の信女祭りもそうだった。僕は一人でかき氷を食べ、一人で花火を見上げた。

男は皆似たような格好で、シャツに短パンかジーパンの二択だったけれど、女子の何人かは浴衣《ゆかた》を着ていた。そう言えば、朱音も浴衣《ゆかた》でくるって言ってたっけ。

「本当にって失礼だな。

「なんだよ、そんな怒るなって」

思わず感情的になってしまった僕から、何人かが離れていく。

「まあまあ、ハルもこういうのに慣れてないから戸惑ってるんだよな」

そう言いつつ、大きな腕を僕の首に回したのは、友人の卓磨《たくま》だった。な、と至近距離で言われる。少しの威圧感と心遣い。それが分かっていて、なお意地を張るのは大人げない。肩の力を抜いた。せっかく誘ってもらったんだ。楽しまないとな。

「ああ、悪い。実は課題が進んでなくてさ。ちょっとイライラしてたんだ」

「へえ。秀才のハルでもそういうことってあるのか」

狙いが分かったので、有難《ありがた》く乗せてもらうことにした。

「嫌味か。僕より成績いい癖に」

「だって、俺は天才だもん」

「なあ、皆、卓磨を殴らないか？」

僕の言葉に、何人かの男子がわざとらしく大きな声で同調した。

やってやろうぜ。おお、血祭りだ。と、僕が想像しているよりグロい言葉が聞こえてきた。ちょっと止めろって。お前ら、マジ止めろ、いてぇ。誰だよ、急所狙ってきたバカは。男に囲まれ、ぎゃあぎゃあと騒ぐ卓磨と一瞬目があった。あいつはにやりと笑った。僕は頷《うなず》いた。悪い空気は全部喧騒《けんそう》の中に消え去った。これでいい。きちんと向き合うことも大切だが、僕たちはまだ子供だった。そこまで強くはなれない。

その後、卓磨が、いい加減助けてくれ、と口パクで合図を送ってきた。バチンバチンとやたらと下手くそなウインクをいくつも飛ばしてくる。

当然、僕は首を横に振った。

一体、僕にどうしろって言うんだ。もう状況は僕の手を離れている。嘘《うそ》だろ。絶望の言葉を最後に、卓磨の巨体はもみくちゃにされて見えなくなった。手だけは合わせておいた。南無三《なむさん》。

視線を感じたのはその時だ。

振り向くと、離れたところに一人の女の子が立っていた。眩《まぶ》しいものを見るように、彼女は目を細めていた。紺色の浴衣《ゆかた》には、赤と黒の二匹の金魚が川を泳いでいる様子が描かれている。

名前を呼ぼうと、皆の輪から一歩外に出る。でも僕が名前を呼ぶより一瞬だけ早く、僕の名前が呼ばれた。

「おーい。ハルー」

「え？」

僕を呼んだのは朱音だった。宣言していたように浴衣《ゆかた》を着ていた。こちらは薄いグリーンの生地に青や黄色の朝顔が咲いていた。明るい色は元気のいい朱音によく似合っている。

声の方に気を取られた隙に、彼女は闇に紛れ消えてしまっていた。そこにはもう誰もいない。

小さく彼女の名前を呼んだ。

そんなことしか出来なかった。

「由希」

僕の近くへやってきた朱音が首を傾《かし》げる。

「雪？　夏なのに？」

「いや、何でもない。それよりも浴衣《ゆかた》、似合ってる」

「え？　そう？　えへへ」

僕たちが話していると、地獄から何とか生還した卓磨が全員集合と叫んだ。行こう。朱音がそう言って皆の方へ駆け出す。僕もゆっくりと歩いていく。

最後にもう一度だけ未練がましく振り向いたけれど、やっぱりそこには誰もいなかった。

信女祭りは百五十年以上の歴史がある地元の夏祭りだ。

暴れまわる竜神様の妻になった、神社の娘である信女という名前の女の子を称《たた》える祭りと表向きにはなっている。しかしここでいう竜神様とは川のことであり、事実としては、洪水を止める為《ため》に人柱になった女の子の霊を鎮《しず》める為《ため》の儀式。

今宵《こよい》もまた、信女様の為《ため》に太鼓の音が響き、笛が鳴っている。

そんな祭りの中心から聞こえてくる喧騒《けんそう》に耳を傾けながら、僕は一人、石段に座って戦利品を広げていた。

じゃがバターに焼き鳥五本、それからベビーカステラ。小遣いの額が決まっている高校生はこういう時、食べ物をシェアするのが常識らしい。

他の皆も各々《おのおの》シェアしやすいものを買いに行っている。

しばらく待っていると、朱音だけが戻ってきた。その手には、ラムネが二本と牛串が三本とたこ焼きのパックがあった。お待たせ、と朱音ははにかんだ。

「はい、これ。他のみんなにはナイショだよ」

薄い空色をした瓶を朱音が差し出してきた。

「いいの?」

「うん。でも、あたしとハルの分しかないからね。皆がくる前に飲んじゃって」

「分かった。ありがとう。他の皆はまだ? 結構時間がかかってるみたいだけど、そんなに込んでたっけ?」

礼を言ってラムネを受け取る。氷水につけていたのだろう、すごく冷えていた。舌でビー玉を押さえつつ、炭酸を喉に流し込むと、しゅわっと弾《はじ》けて胸が苦しくなる。

「いやあ、気を使ってくれてるっていうか、余計なお世話をしてるっていうか」

「どういうこと？」

「いや、分からないならいい。まだ分からなくていい」

ストンと僕の横に腰を下ろした朱音は、顔を少しばかり朱に染め何度も頷《うなず》いていた。

そんな朱音の隣で、僕はぼうっと祭りの喧騒《けんそう》を見ながら、ラムネの瓶に口をつけちびちびと飲んだ。たくさんの声。たくさんの色。たくさんの人。色々なものがここにはあふれている。

朱音と話をしながらいくらか待ったけど、クラスメイトたちはなかなかやってこない。

「さすがに遅すぎないか？　僕、ちょっと探して――」

腰を浮かしかけた僕に、朱音は言った。

「……今日さ、あたし、ちょっと浮かれてるみたい」

「え？　ああ、祭りだからね。なんか血が騒ぐっていうかさ。そういうのってあるよな」

「うん。そーかな。そーかもしれないね」

さわさわと柔らかな夜風が吹いて、僕の髪を撫《な》でていった。

「でもさ、今日のハルは何だか心ここにあらずって感じがするよ」

「……そんなことないって」

本心だった。嘘《うそ》偽りなく、僕は今日を楽しんでいた。卓磨たちとのバカ騒ぎや可愛《かわい》い女の子たちの浴衣姿《ゆかたすがた》。祭りの雰囲気。僕は心の底から笑っていたさ。でも――

「じゃあ、今、どこに行こうとしたの？」

「だから、みんなを探しに」

「本当に？　違うでしょう。気付いていないかもしれないけど、ハル。ずっと迷子みたいな顔してるよ。あんたは何を探しているの？」

再度問われて、言葉に詰まった。

迷子、か。

朱音の言う通りなのかもしれない。

笑いながら、話しながら、頭のどこかで考えていた。屋台の列に並びながら、石段の上でみんなを待ちながら、視線をずっとさまよわせた。僕が待っていたのは、探していたのは、みんなじゃない。由希だった。

会いたかったのは、たった一人の女の子だけ。

手のひらの強さを、感触を、熱を思い出した。

その感情を自覚した時、体はもう動き出していた。

「悪い。ちょっと抜ける」

「え？」

「一人、呼んできたい人がいるんだ。朱音は皆と先に合流してて」

後ろの方で、ちょっと待って、と朱音が言うが止まれない。

走って、探して、見つけて、一緒に花火を見ようって誘おう。今の僕が持てるだけのありったけの勇気でそう言おう。

由希は驚くかな。喜んでくれるかな。喜んでくれるといいな。笑ってくれたら、最高だ。

人ごみの中に紛れ込む。頭を動かし体を捻《ひね》ると、景色がぐるりと回る。何度か見返していなければ走る。それを繰り返す。

走っている途中で卓磨とすれ違った。

「ハル、お前、何してるんだ。朱音はどうした？」

「ごめん。説明は後で。急いでるんだ」

「ああ？　マジでどこ行くんだよ。おい、朱音は？」

背中に感じる卓磨の少し不機嫌な声が遠くなっていく。

どこだ、由希はどこにいるんだ。

❄

世界がしんと静まった。まるで時間が止まってしまったかのよう。頭の中で、数字を逆向きに数えてみる。三、二、一。ゼロ。カウントダウン終了と同時に静寂を切り裂く高い音が響き、次の瞬間、喝采が響いた。

花火が始まったらしい。

その破裂音をきっかけに、さっき見た光景が脳裏に蘇《よみがえ》る。クラスメイトに囲まれた彼の姿だ。楽しそうだった。騒いでいた。なんだか胸が痛かった。

感情を持て余したわたしは、音のする方を見上げた。

赤い花が暗闇を照らしている。

でも、それはたった一瞬だけの出来事。

あれ、どうしたんだろう。おかしいな。

わたしは首を傾《かし》げた。

世界から色彩が消えていた。

音が消えていた。

昨年、あれほど美しかったはずの花火が褪《あ》せて見える。

音の出ないモノクロのテレビを見ている感じ。

だからもう興味なんて失《う》せてしまって、目の前のポスターを仕方なく見つめた。ポスターには去年の花火の写真が使われていた。こちらもやっぱり褪《あ》せて見える。あーあ、つまらないなあ。ちょっとだけ寂しいなあ。わたしが先に約束、したのになあ。

「由くんの」

それから誰にも届かない声で呟《つぶや》いた。

「バカ」

❀

始まってしまった花火の音が僕の心を急《せ》かした。夜の空気を破るような強い破裂音。ぱん。ドン。ドン。音に合わせて、鼓動が一段高くなる。

花火は三十分もすれば終わってしまう。誰かが叫んだ。たまやー。別のところから負けじと声を上げている奴《やつ》もいる。かぎやー。

会場を背に、花火が一番見えやすい橋の上へと向かった。いない。

駅へ向かう人波を追いかけた。小さな子供と手を繋《つな》いだお爺《じい》ちゃん。小学生くらいの少年が五人。スマホで写真を撮っているのは大学生だろうか。

皆が空を見上げる中で、僕だけが地上で足掻《あが》き続けていた。

喉が熱い。というより痛い。荒れた息は戻らない。はあ。肩で息をする。はあ、はあ。いくら深く吸い込んでも酸素が足りない。頭がクラクラする。苦しい。はあ。苦しい。

汗まみれのシャツをぎゅっと握った。目に入る汗を雑に拭い、それでも僕は走り続ける。

駅にも姿はない。

図書館まわりもダメだ。

ああ、速射連発《スターマイン》も始まってしまった。いくつもの音が、いくつもの色が、連続で夜空を染めている。クライマックスが近いのだ。

「くそ」

悪態をつきながら、由希と入っていった路地裏へと向かう。

手を握ったんだ。ぶんと振ってきたから、振り返したんだ。笑ったんだ。楽しかったんだ。

真っ黒に塗りつぶされた空に、焔《ほのお》がはじけ、光の雨が降り注いでいた。そのあまりに美しい光景は、さながら流星群のよう。走りながら、祈った。何十何百と流れる光の尾に願いをかけた。難しいことじゃないんだろう。だからさ、叶《かな》えてくれよ。

僕を一人の女の子のところへ連れて行ってくれ。

路地を抜けしばらく走ると、足は止まった。

知っている建物が、併設された電話ボックスのライトで仄《ほの》かに照らされている。

思わず深い息がもれた。

由希が、いた。

公民館の掲示板の前に立ち、夏祭りのポスターにそっと手を添えていた。二時間前に見た浴衣《ゆかた》を着て、なのに空に広がる花火はちっとも見ていない。由希の横顔が青に染まる。黄色に染まる。緑に、それから赤に、染まる。

「由希」

ほっとしたせいか体中の力が抜けて、もう走る為《ため》の余力はなかった。一歩一歩、ゆっくりと歩いていく。彼女に近づいていく。

「なんで、ここにいるの？」

由希の驚いた顔は戸惑いに変わり、くしゃっと表情を歪《ゆが》め、最後に鋭い目つきが僕を射貫《いぬ》いた。彼女はとても整った顔をしているので、眉を吊《つ》り上《あ》げるだけでなかなか迫力がある。

それでも引くわけにはいかなかった。

「聞きそびれた言葉の続きを聞きにきたんだ」

あの時、僕の言葉と重なり消えてしまった言葉の、その先を。

「今さらそんなことを言うの？　由くんの意地悪」

「うん」

あと、五歩。由希の顔がだんだんと下がっていく。

「なんて言いたかったのか、分かってるんでしょう」

「多分」

残り四歩。由希の姿が少しずつ大きくなっていく。

「わたしの言いたかったことが分かった上で、何も言わなかったくせに」

「ごめん」

三歩目を踏み出す。

「それに。それにさ、男のくせに、わたしに言わせるの？」

そして、二歩。

「卑怯《ひきょう》だよ」

欲を出して、最後の一歩。

由希はもう、手の届くところにいる。

「じゃあ僕から言う。一緒に花火を見てくれないか？　君と一緒だったら、僕はすごく楽しいと思うんだ」

「……」

「ダメかな？」

「……ダメだよ」

「どうして？」

「だって、もう花火終わっちゃうから」

下を向いていた由希は顔を上げた。その瞳の端には、確かにまだ悲しみと怒りの痕はあったけれど、彼女はにひひと笑った。

「由希も結構意地悪だ」

由希が空を見上げると、ぽん、と最後に小さな花火が上がった。

赤い光が照らす由希の真っ黒な瞳を、彼女の隣で僕だけが見ていた。

Contact.213

二百十四回目の告白

「あんたは、何？」

見ず知らずの女の子に声をかけられた。

由《よし》くんと別れ、駅前のホテルへと歩き出した時のことだ。

女の子の生来の力強さの中に、ほんのりと不安の色が見える声だった。

ふと、さっきまで一緒にいた男の子のことが思い浮かんだ。

嫌な予感に、口の中が乾いてくのが分かる。いい予感は当たらないことが多いのに、悪いものだけは高確率で当たったりするからタチが悪い。だから今回もきっと――

「あなたこそ誰なの？」

わたしが抱いている感情を悟られないように、努めて低い声を出す。そうすると大抵の人は何も言えなくなってしまう。わたしの声にはそれだけの圧があるらしい。

案の定、目の前の女の子も大きく目を見開いて圧倒されている。

そのままふいっと背を向け歩き出そうとしたけれど、腕を摑《つか》まれ阻《はば》まれてしまった。

「何かな？」

「あの」

声にさっきまでの勢いがない。それでも彼女は引かなかった。わたしの目をじっと見返してきた。そこには夏の太陽に似た光があった。熱く、鋭く、眩《まぶ》しい。

それでわたしもまた、自分が逃げられないことを知る。どんな風にはぐらかしても、真《ま》っ直《す》ぐに向き合わない限り彼女は見逃してくれないだろう。わたしも女で、彼女も女だ。どうしたって、分かってしまう。

「とりあえず、名前を教えてもらってもいいかな」

「ああ、そっか。ごめん。あたしは竜胆朱音《りんどうあかね》。それで、えっと。あんたは」

その名前に、覚えがあった。

由くんの話の中に何度か出てきたことがある。

嫌な感じがどんどん現実味を増していく。首筋が、背中が、得体のしれないざらざらしたもので舐《な》められているかのように気持ちが悪い。

それでも込み上げてくるいろんなものに我慢して、ふうと息を吐き、垂れていた髪を耳にかけた。余裕があるように見えるだろうか。少しでもけん制になっていればいいけれど。

「わたしは椎名由希《しいなゆき》。あなたがあの朱音ちゃんね。由くんに聞いたことがあるよ」

「由くんって誰？」

「瀬川春由《せがわはるよし》くん。わたしはそう呼んでるの。あなたは彼の同級生なんでしょう？」

朱音ちゃんは同性のわたしから見ても綺麗《きれい》な子だった。

すらっとした肢体はただ細いだけじゃなく、しなやかさを秘めている。まつ毛は長く、瞳は凛《りん》としているが、奥には素直さとそれ故の弱さが潜んでいた。癖のない髪は単純に羨ましい。

男の子はこういう子に弱いんだろうな、なんて思う。

喉の渇きが一段と激しくなっていた。

「それで朱音ちゃんはわたしに何の用があるの？」

「ええっと、うん。あんたは、椎名さんは、ハルとどういう関係なの？」

ぷわん。

どこかで車のクラクションが響いていた。遠くのような、近くのような。

十九歳の冬の日。

こうしてわたしは竜胆朱音ちゃんと出会った。


立ち話で済ませてしまう内容ではないかな、そう言って朱音ちゃんの返事を聞かないまま、わたしは何度か行ったことのある喫茶店を目ざした。ひっそりと佇《たたず》んでいる人気《ひとけ》のないお店の光を見つけて、思わずほっと息が漏れる。扉を押すと、カランコロンと鈴が鳴った。

いらっしゃいませー、と笑顔でやってきたいつもと変わらぬ様子のお姉さんに、二人です、とだけ告げて、わたしは初めて彼ときた時と同じ窓際《まどぎわ》の席へと急いだ。

「あの、椎名さん」

席に座った途端に、朱音ちゃんが名前を呼んできた。

幸い小さな声だったので、わたしは聞こえていないふりをして、お姉さんにホットのブラックコーヒーを注文する。朱音ちゃんは何も注文せずに、ただわたしをじっと見ていた。

お姉さんが席から離れてから、わたしは尋ねた。思っていたよりもずっと固い声になった。

「このお店、きたことある？」

「ない、けど」

「そうなんだ。わたしは由くんときたことがあるよ」

一体、なんの自慢をしているのだろう。こんなことを言い合っていたら、負けるのはわたしの方なのにな。だって、そんな事実はもうこの世界のどこにもないのだから。

そんなものにすらすがらなくちゃいけない自分が滑稽で、少し悲しい。

「質問に答えて欲しいんだけど」

わたしの言葉が不快だったのか、彼女は会話を戻した。

やっぱり小さな声だった。

「……何だっけ？」

「ハルと、あんたの関係について」

わたしは何かを追加するつもりもないのにメニューを手に取り、ゆっくりページを捲《めく》った。

カレーライスにサンドイッチ。由くんはここのナポリタンが好きだった。ねえ、朱音ちゃん、あなたはそんなこと、知ってる？

「関係って言われても困るんだけどなあ」

次のページ。ブルーマウンテンとかキリマンジャロとか。コーヒーの名前が並んでいた。その隣には同じようにいろんな種類の紅茶の名前。一杯千円もする紅茶を誰が頼むか、なんて由くんと真剣に語ったこともあったっけ。彼はどこかの社長が飲むんだって言い張った。

「友達なの？」

「さあ」

「ただの知り合い？」

「どうかな」

「……彼女ではないんだよね？」

パン、と反射的にメニューを閉じてしまう。しまった。仕方なく、メニューをもとの位置に戻す。それから、ようやく朱音ちゃんと向き合った。

「ねえ。それ、あなたに関係があるかな？　ただのクラスメイトなんでしょう？」

「ただのクラスメイトじゃない」

「じゃあ、何になるの？　知り合い？　友達？」

つい数十秒前にやられたことを、わたしはやり返した。

「彼女ではないんでしょう？」

「そう、だけど」

途端に朱音ちゃんの瞳にさっきまでの感情とは違うものが灯《とも》る。怒り。あるいは敵意。ああ、こっちの方がずっといい。戦いやすいから。

だって、あんな真《ま》っ直《す》ぐな光の前だと、自分が惨《みじ》めになるもの。わたしはもう、あんな風に誰かを見ることなんて出来ない。

「なら、別にわたしと由くんの関係が何だっていいんじゃないかな。ただのクラスメイトに答える必要はない――」

言いきる前に音が響いた。

バシン。

叩《たた》かれたことに気付いたのは、頬がじんと熱を持ってから。

「ただの、じゃないって言ったでしょう。ずっと好きなんだもん」

「それにしたって、あなたの片思いなんでしょう」

必要以上に冷静に言いきると、朱音ちゃんは再び手を上げた。

今度は彼女の沸点が分かっていたから、心構えも出来ていた。

なのに高く上げられた手は、ゆっくりと力なく下がっていく。

唇を噛《か》みしめ、瞳の端に涙を溜《た》めた朱音ちゃんは、ひどく荒い手つきで鞄《かばん》を摑《つか》み、叩《たた》いてごめん、なんて一言だけを残し去っていった。

ふう、と息を吐くと、肩の力が一気に抜けた。カタカタと手が震えている。朱音ちゃんに気付かれてなかったらいいけど。本当はこんなことしたくなかった。でも、朱音ちゃんが逃がしてくれないのなら、わたしも引くわけにはいかない。

特に彼女は悔しくなるくらい魅力的な女の子だったから。

どうしても譲れないものがある以上、わたしたちは不倶戴天《ふぐたいてん》の敵になるしかない。

やがてお姉さんがコーヒーを持ってやってきた。彼女は何も言わず、いつものような笑顔でことりとテーブルの上にコーヒーを置いた。ああ、どうして、わたしはまたこんなものを頼んだのだろう。湯気を立てるコーヒーをすすってみた。思わず、顔をしかめた。

「痛っ」

ヒリヒリと舌が痛んだ。

それは今まで飲んだどんなものよりも、とびきり苦い味がした。


朝、目を覚ますと、夢の欠片《かけら》が薄れていくのを感じた。

時々、そういうことがある。手のひらに摑《つか》まえた雪が溶けて流れ落ちていくように、わたしはそれを留《とど》めておくことが出来ない。

夢の中のわたしは誰かと手を繫《つな》いでいた。笑っていた。

でも目覚めたわたしは、その誰かが誰だったのかを思い出せない。その時、抱いていた感情も消えてしまっている。やがて、そんな夢を見ていたということすら忘れてしまう。

そんな風にしてわたしもまた、彼の中から消えていくのだろう。

かつて中学二年生の男の子だった由くんも、いまや高校三年生だ。

わたしより小さかった背も今ではぐんと伸びてしまい、わたしはもう彼を見上げなくてはいけない。幼さの抜けた彼の顔を見て、女の子みたいだなんていう人はいないだろう。

四年という、決して短くはない時間が流れた証《あかし》だった。

でも由くんの四年間のどこにもわたしはいない。

毎週火曜日、午後十時五十四分をもって世界はわたしの存在を抹消する。

真っ白に積もった雪が春になれば消えてしまい、その姿をどこにも見つけられないように、過去の世界のどこにもわたしを見つけることは出来ない。

そんな日々の中、わたしは由くんと出会い続けた。

たった一つの目的の為《ため》に、どうしても由くんにはわたしのことを好きになってもらわなくてはいけないのだ。

シャワーを浴びて、念入りに準備を始める。由くんの好きな髪型。由くんの好きそうな服。

彼は大きめのコートにすっぽりと収まっている女の子が好きらしい。袖から少しはみ出る指を可愛《かわい》いと思うのだそう。萌袖《もえそで》なんて言うんだっけ。いつだったか、やけに熱のこもった声で教えてくれた。

ちょっと理解は出来そうにない。それでもまあ、彼が好きならしょうがない。やってやろうではないか。

たくさんの時間をかけて、わたしは由くんに好かれる為《ため》のわたしを作っていく。

最後に願いを込めて甘い香りを纏《まと》う。

彼が忘れないと言ってくれた桜の匂い。

ホテルを出た時、すでに空は灰色一色だった。

今にも雪が降ってきそう。

降ればいいな、と思った。

積もればいい、と願った。

わたしは一度外に出たというのにわざわざホテルの一室に戻り、赤い手袋をベッドの上に放り投げた。剝《む》き出《だ》しになった白い手をどうしたいのか分からないまま、赤くなった指の先をぐっと折りたたんで、由くんに会う為《ため》に学校へと再び駆け出した。


今日まで二百十三回、由くんに声をかけた。

由くんは一度もわたしに好きだと言ってくれない。

❀

椅子の脚が床とこすれる甲高い音がして、手もとのノートから顔を上げた。

自主登校期間に突入している三年の教室は、今日も空席が目立っている。僕の前の席の二条《にじょう》も一週間ほど学校にはきていなかったから、その音を聞くのも久しぶりだった。

しかし席に座っていたのは、ツンツンヘアがトレードマークのクラスメイトではなく、サラサラの髪が肩のあたりまで伸びた女の子だった。黙っていれば可憐《かれん》な美少女に見えなくもない彼女は、大雑把なその性格を少しも隠そうとせずに笑った。

「オッス。ハル」

「なんだ、朱音か」

「なんだとは何よ。あたしじゃ、不満でもあるわけ？」

朱音の方こそ不満があるように、むう、なんて言って唇を尖《とが》らせている。いつものパターンならここからパンチの一つでも飛んでくるけど、そこは避けたいところだ。

幸い、話を変えるちょうどいい話題が一つあったので、それを活用させてもらうことにした。

「そんなことないって。ちょっと驚いただけ。珍しく髪を下ろしてるから、誰だか分からなかったんだ。結構、印象変わるよね。伸ばし始めて半年くらい？」

「ああ、うん。お姉ちゃんに教えてもらって、手入れも頑張ってるの。なかなか面白いよ。面倒も多いけどね」

夏に部活を引退してから、朱音は少しずつ女の子らしくなっていった。

髪を伸ばし、うっすらと化粧までしているらしい。よく見ないと分からないくらいのものだが、元がいいのでそれだけでも十分すぎるくらい朱音の魅力は増していた。僕が知っているだけでも、五人。この半年で朱音に振られている。

無遠慮に見続けていたせいか、朱音は髪の先をいじりながら、

「なんか、変かな？」

なんて、おずおずとした口調で尋ねてきた。くるくると変わる表情もまた、彼女の魅力の一つなんだろうな、なんてぼんやりと思う。

「いや、どこも。普通に可愛《かわい》いと思うけど」

「そ、なら、よかった。と、ああ。本題忘れてた。さっき、卓磨《たくま》と話してたんだけどさ。今日、学校終わったら神社に合格祈願に行かない？」

「この前も行ったじゃないか」

「こーゆーのは、何回行ってもいいの、多分」

そういうものなのだろうか。神様は何度も何度も願いにくる人に飽き飽きしないのだろうか。それとも熱意を感じて叶《かな》えてあげるのだろうか。

まあ、どちらにしても、

「いや、今日はやめておく。先約があるんだ」

僕は首を横に振るしかないのだけれど。

最近知り合った女の子との約束があるから。

すると朱音は、さっきまでの雰囲気を一変させて急に顔をしかめた。なんというか夏の夕立に似ていた。激しい雨と雷の予感。灰色の雲が重く垂れ込めている。

「……椎名由希さんだっけ？　すごく美人だよね」

「は？　なんで知って」

「ああ。やっぱりそーなんだ。最近、ハル、その人と一緒にいるんでしょう？　受験前に余裕だよね。あたしたち、受験生なんだよ。そんなよく分からない人と遊んでる時間あるわけ？」

「別にそんなんじゃ」

「とにかく、約束したからね」

反論は、朱音の言葉に呑《の》み込《こ》まれた。大きな声だったので、クラス中の視線が僕たちに集まる。何人かの目が輝いていた。みんな、女の子だった。成り行きを楽しんでいるのだ。

「いや、だから待って。朱音」

僕の声など聞こえていないかのように、朱音は教室からさっさと出ていった。それでも叫ばずにはいられなかった。

「先約があるんだって」

＊

三時半のチャイムが鳴るのと同時に、わたしはそれまでいた電柱のそばから校門前に移動した。昨日、由くんとした約束は、四時に校門前だ。

手鏡で軽く髪を整え、マフラーを巻きなおし、じんじんと痛む指の先には息を吐きかける。

一瞬だけ熱くなって、結局、すぐに冷たくなった。由くんがきたら、温かいものでも食べに行こう。勉強を頑張っているご褒美《ほうび》に、何かおごってあげてもいいな。

でも、それから四時を過ぎても、四時半を過ぎても、由くんは出てこなかった。

別に心配することではない。分かっている。何か理由があるのだ。

例えば、解けない問題があって先生に教えてもらっているとか。

なのにわたしの足は理性を無視して、勝手に学校の方へと向かっていた。頭の中に、昨日会ったばかりの女の子の姿が思い浮かぶ。綺麗《きれい》だった。あの、真《ま》っ直《す》ぐな瞳を思い出すと、ちくんと胸が痛む。苦しい。ねえ、由くん。苦しいよ。なんでかなあ。

学校に近づくにつれて、生徒が多くなる。わたしは歩くスピードを一段上げた。

こんな風に、学校の敷地内《しきちない》まで彼を迎えに行くのは初めてのことだった。

わたしは由くんの学園生活に踏み込むことだけは、今までしてこなかったから。

由くんは、わたしといることでたくさんの時間を奪われてきた。

本来なら、家族や友人と過ごすはずだった時間を、一人きりで過ごしてきたことになっている。由くんの思い出の中で、多くのシーンで彼は独りだ。

だからせめて、学校の中でのことは彼から奪わないでおこうと思った。大人になった由くんが振りかえった時、学生時代の全てが一人だった、なんてことがないように。

そんな自分で決めたルールすら守れないくらい、今のわたしには余裕がない。

校門をくぐると、制服を着ていない、けれども教師にも見えないわたしはやけに目立った。いろんな視線が肌に刺さる。慣れていることのはずなのに、今日は少しだけ気になった。もし、わたしがここの生徒だったらこんな目で見られることはないのかな、なんてらしくもないことを考えるくらいには。

❀

何度、朱音に声をかけようと無駄だった。珍しく本気で腹を立てているらしい。僕の何かが逆鱗《げきりん》に触れたのは間違いないのだが、その何かが分からない。授業が終わるたびに朱音を追いかけ、声をかけ続けたが、彼女はすぐに女子トイレに逃げ込むのでまともに話すら出来ない。

そんなことを六回以上も繰り返し、気付けば放課後になっていた。

「だから何度も言っているだろう。先約があるんだって。朱音。話を聞いてくれよ」

僕たちは部室棟のある校舎へ続く渡り廊下を歩いていた。下に引かれたすのこが二人分の体重でガタガタと小刻みに揺れている。

「聞いてるわよ。ハルはあたしより会ったばかりのあの人を取るって言うんでしょう?」

「そういうのじゃなくてさ。じゃあ、明日。明日行こう」

さすがに何度も同じことを言われて限界がきたのか、ようやく朱音はこちらを振り向いた。と、そこでちょっと不思議なことが起こった。僕はてっきり朱音は怒っているとばかり思っていた。睨《にら》まれることを覚悟していた。なのに、こちらを向いた朱音は驚きの表情を浮かべ、一拍置いてからようやく睨《にら》んだのだ。今の表情は一体、何だ。

「……分かった。じゃあ、あと少しだけ時間をちょーだい。少しでいーから、こっちにきて」

そして僕の制服の端を摑《つか》んでさらに奥へ歩いていく。

「朱音。待って。ちゃんと行くから、そんなに引っ張らないでくれ」

こけないように必死に体勢を整えながら、僕は彼女についていった。

❄

由くんを探して、中庭を突っ切り、反対側の渡り廊下へ辿《たど》りついた時に声が聞こえた。背後からだ。わたしが過ぎてしまった渡り廊下を誰かが歩いている。

「だから何度も言っているだろう。先約があるんだって」

この声を探していた。

なのに振り向けなかった。それどころかとっさに柱の陰に隠れてしまう始末。なんで。どうして。隠れる必要なんてないのに。何でもいい、声をかけなくちゃ。

でも、体が動かない。

「朱音。話を聞いてくれよ」

「聞いてるわよ。ハルはあたしより会ったばかりのあの人を取るって言うんでしょう？」

「そういうのじゃなくてさ。じゃあ、明日。明日行こう」

明日、という単語に体がびくんと反応した。

明日、彼の中からわたしはいなくなる。その明日が奪われてしまう。急に平衡感覚がなくなって倒れそうになった。足に力が入らない。なんとか壁に手をついてようやく声の方を見ると、話をしている片割れとばっちり目が合ってしまった。

彼女は驚き、こちらを睨《にら》み、多分、わたしにも聞こえるようにこう言った。

「……分かった。じゃあ、あと少しだけ時間をちょーだい。少しでいーから、こっちにきて」

そして男の子の制服の端を摑《つか》んでどこかへ歩いて行く。

二人の気配が遠くなると、そこには騒々しさとは縁遠い、がらんとした空間が取り残されたように広がっていた。

どうしてか泣きたくなって、叫びたいのに言葉はなくて。

わたしは二分くらい、そこにずっと立っていた。

それでもすがるような気持ちで、声が消えていった方へと今さらながら向かった。勇気をぎゅうっと振りしぼった。

そうしなければ、わたしは何かをなくしてしまう。

予感がわたしを駆り立てる。

二人が消えてしまったのは、人気《ひとけ》の少ない校舎だった。

確か部活棟だ。文化祭で学校を案内してくれた時、由くんが言っていた。たまにさ、この教室で遊んでるんだ。いつかの由くんの声が思い出された。秘密だからね。人さし指を唇につけて、しーっと息を吐いていた。

ここの学生でもないわたしが一体、誰にそのことを言うの、なんて呆《あき》れたけれど、秘密の共有という行為が楽しくて、わたしは、うん、なんて素直に頷《うなず》いたっけ。あれは、確か――。

薄暗い階段を一段飛ばしで駆け上がり、踊り場でくるりと向きを変えて、また一段飛ばしで駆け上がる。手すりを摑《つか》み、太ももに力を入れて、二階へ進む。誰ともすれ違わない。そのまま三階へ。わたしの足音だけが、響いては消える。

やがて三階の一番西にある部屋の前に辿《たど》りついた。

使われていない教室。けれど人の気配がある。扉が邪魔をして、上手《うま》く聞き取れないけれど何かを話している。由くんはきっとここにいる。行こう。今なら、まだ間に合うはずだから。

出来るだけ自然な笑顔を顔に張りつけ扉に手をかけたその瞬間、大きな声が聞こえた。

「あたし、ハルが好き。あたしと付き合って」

あのどこまでも真《ま》っ直《す》ぐな視線が、きっと今、由くんを摑《つか》まえた。

扉にかけていた指が外れ、階段を駆け下りる。

一体、わたしはどこに行こうというのか。この世界のどこにもわたしが行く場所なんてないのに。わたしがずっといた場所はたった今、奪われてしまったというのに。

それでも、あの場に留《とど》まるより逃げる方を選んでいた。

❀

空き教室の扉を閉めると、僕と朱音の二人だけしかいない空間が出来上がる。

途端に僕たちをとりまく空気が変わった。

鈍いと言われる僕でも、これから何が行われるのか、はっきりと分かった。

「ハル」

名前を呼ばれて、はい、と直立不動になると、ぷ、と朱音が吹き出した。

「なんで、あんたが緊張してるのよ」

「だってさ」

「心配しなくても、取って食べたりしないから。あんたはただ聞いてくれればいいの。オーケー？」

「分かった」

頷《うなず》き、目の前の女の子と向き合う。眼差《まなざ》しを交わしあった。何かが始まろうとしていた。あるいは――

「うん。ありがとう。あのね、ハルのことは、ずっと気にはなってたの。でも、それを自覚したのは、中学最後の夏休みの時。中学校のさ、中庭で一度、会ったでしょう？」

朱音が泳ぐのをやめようか迷っていた時のことだろうか。

「どうしたのって聞いてくれた。話くらい聞くよって言ってくれた。そんなことでってハルは思うかもしれないけどさ。あたしにとってはそんなことじゃなかったんだよね」

薄暗いから気付かなかったけれど、朱音の足は震えていた。真《ま》っ直《す》ぐな瞳の中に、淡い光が揺れていた。けれど、その恐怖や緊張に似た何かを、彼女は飛び越えてしまえる人間だった。

「いろいろ考えたんだ。高校卒業したらとか、大学に合格したらとかね。でも、多分、今が最後のチャンスだと思うから、言うね」

朱音はそして、その言葉を告げた。彼女らしい大きな声だった。

「あたし、ハルが好き。あたしと付き合って」

言葉が僕の中に石を投げ入れた。ぽちゃんと音をたて、波紋が広がる。その一つ、二つと広がる円の中に、僕は朱音との未来を見ていた。

楽しそうだった。

僕は朱音が嫌いじゃない。

まあ、正直言って可愛《かわい》いしさ。

思い出話はたくさん出来るし、食べ物の趣味も合う。共通の友人たちも多いし。休日は、スポーツをしながら過ごすのもいいな。

喧嘩《けんか》は、そりゃするだろうさ。多分、頻繁に。

でも、すぐに仲直り出来るはずだ。僕たちは今日まで何度も喧嘩《けんか》し、やがて笑い、やってきたのだ。今はまだ朱音のことを異性として好きだとは口に出来ないけれど、少しずつ足りない何かは埋めていけばいい。自信はあった。

確かな時間が、積み上げてきたものが僕たちにはあるのだから。

それでも、どうしてだろう。

僕の名前を呼ぶ声が、聞こえるはずのない声が、その時確かに聞こえたんだ。

「由くん」

僕のことをそう呼ぶ人は世界中でたった一人だけだった。

意識を戻すと、どこからか足音が聞こえてきた。だんだんと遠くなっていった。そんなことあるわけないのに、僕は一人の女の子のことだけを考えていた。

そして、その子は朱音じゃなかった。

「ごめん」

気付いた時には、頭を下げていた。

❄

胸が痛んだ。走って、冷たい空気を肺にたくさん送っているからだろう。そうだ。そうに違いない。だって、他に理由がない。

わたしは由くんのことが好きってわけではないのだ。

誰でもよかった。一番条件にあてはまりそうでたまたま近くにいた人間だったから、由くんを選んだにすぎない。

歪《ゆが》む視界を、かじかむ手のひらで強引に拭う。強くこすりすぎたのか、目の周りがヒリヒリする。こんなことなら手袋、着けてくれればよかったな。はあ。呼吸がしにくい。喉が渇く。歯を強く噛《か》みしめて、わたしはあの夜のように空に向かって叫んだ。

「バカ、バカバカバカバカバカバカバカ――」

感情を、言葉を、向けている相手は誰なのか。

朱音ちゃんになのか、由くんになのか。

あるいは、自分自身か。

分からないまま、わたしは二文字の言葉を唱え続けた。

愚か者の意をもつたった二文字の言葉は、いくつもいくつも世界に体現し、夜の闇の中へと溶けていった。

❀

頭の中は由希のことでいっぱいだった。

たった今、ずっと友達だった女の子から告白されたばかりだというのに、薄情な僕は朱音よりも別の女の子のことを考え続けている。

待ち合わせに一時間も遅れて行くと、そこに彼女の姿はやっぱりなく、心臓が痛んだ。

耳の奥で遠くなっていく誰かの足音が僕を急《せ》かす。

生まれて初めてのことだった。

こんなにも何かを、誰かを望むなんて。

由希の顔が見たかった。

そして、僕は走り出していた。

❄

結局、きしみ続ける痛みの正体が何なのか分からないまま、がむしゃらに走り続けたわたしが辿《たど》りついたのは、駅から少し離れたところにある空き地だった。

少し前にこの空き地の看板が変更された。次の春を迎えたら、この場所で大きなビルを建てる為《ため》の工事が始まるらしい。また一つ、わたしから大切なものが奪われていく。

ここはシロが眠っている場所なのに。

肩で息をし、呼吸を整える。口の中が随分と渇き、わたしはごくりと唾を呑《の》み込《こ》んだ。なんで、という疑問の代わりに目をゴシゴシとこすったけれど、それは消えなかった。

どうやら現実らしい。

仕方なくわたしは尋ねた。なぜか空き地にいた、いるはずのない先客に。

「どうして、ここにいるの」

何かを祈るように両手を合わせていた彼は、わたしの声に気付いて顔を上げた。

由くんだ。学校指定の、やたらと重いと文句を言っていたコートを着ている。家に帰った様子はなかった。彼の足もとにはだいぶくたびれた鞄《かばん》が転がっている。

「昔、ここで綺麗《きれい》な猫を埋めてあげたことがあってさ。そこの通りを通った時に思い出したから、手を合わせてたんだ」

そこまで言って、彼は立ち上がり膝についた土を払った。

「ようやく見つけた。約束の場所にいなかったから探してたんだ」

「帰る」

踵《きびす》を返《かえ》し早足で出口へと急いだが、道路まであと二メートルくらいのところで、手首を摑《つか》まれた。彼の手は長い時間外にいたからだろう、すっかりと冷え切っていた。逆に体温の低いわたしの手は、ずっと握りしめていたから熱くなっている。いつもと反対だ。わたしたちの手の温度も、声をかけて追いかけるのも。いつだってわたしばかりが追いかけていたのに。

「何するの」

「ごめん。約束を破って。怒ってるよね？」

「別に怒ってない」

「謝るよ。本当に悪かった」

「悪かったって何が？」

反射的に、彼を責めるような言葉になってしまう。

「由くん、いつもそうだったじゃない。何度も約束を破ったじゃない。今さら、なんで謝るの。手を離して。痛いよ」

みっともなく癇癪《かんしゃく》を上げているのは分かったけれど、どうしようもなかった。感情が整理しきれていない。彼の言葉の全てが、感情を高ぶらせる燃料にしかならない。

いつものわたしに戻るには時間が必要だった。

だから、離して。

「待って。ごめん。泣かないでくれ。まさか、そんなに傷つけてたなんて」

ああ、この期《ご》に及んでまだそんなことを言うのか。そんな勘違いを重ねるのか。

たまらなかった。

悔しかった。

悲しかった。

頬に涙の温度を感じていた。

「これは違うから。あなたが何も知らないから。悔しいの。悲しいの」

由くんの胸を叩《たた》く。力いっぱい叩《たた》く。叩《たた》くたび、わたしの手が痛んだ。わたしの心が軋《きし》んだ。

それでも叩《たた》かずにはいられなかった。

「あなたが、わたしのことを好きになってくれないから。寂しくて、辛《つら》いの」

由くんは黙って叩《たた》かれていた。

「あなたが、あなたがわたし以外の誰かのものになって、もう明日が、いつものわたしと由くんの日常がなくなっちゃうから。寒くて、怖くて、わたしは――」

最後に思い切り胸を叩《たた》く。ドン。音がする。由くんの胸に触れた手が熱い。ドン。額を胸に押し付ける。額が熱い。由くんの鼓動を感じる。わたしが、手に入れたかったもの。失って、しまったもの。

「だから、由希は泣いているの？」

呼吸をするのが精いっぱいで、わたしは頷《うなず》くしかなかった。

これはおかしいことだった。

だって、苦しむのは由くんでなくてはならないのに。泣くのは由くんの方でなくてはならないのに。心に、わたしを刻むのは由くんの方でなくてはならないのに。

どうしてわたしがこんなに苦しまないといけないのか。

どうしてわたしがこんなに痛い思いをしないといけないのか。

どうして、どうして、わたしだけが由くんを刻み続けているのか。不公平だ。どうしてわたしとのことを失ってしまうの。

「由希の言い分は分かった。確かに僕は君のことを何も知らないのかもしれない。いや、実際に知らなかったらしい。でも」

由くんはそこで言葉を切って、両手でわたしの頬をそっと挟んだ。優しい力で、でも拒否出来ないほどの強さで顔を上げさせられた。やたらとごつごつとした男の手だった。わたしの涙で彼の手が濡《ぬ》れた。そして彼はにっこりと笑った後、すぐに顔をしかめた。

「後半の二つは納得出来ないから、やり返しておく」

「へ？」

由くんは中指をぐっと手の内側に丸め、親指で固定されていたそれを、次の瞬間に勢いよくわたしの額めがけて発射させた。ごつん。およそデコピンとは思えないほどの音がして、わたしの額がじんと痛んだ。慌てて額を押さえた。

「へう。何するの」

「先に殴ってきたのはそっちだろう。僕だって痛かった」

「男のくせに」

「関係ない。殴られれば痛いんだ」

わたしの方が。

思わず叫んだ。

「もっとずっと痛かった。由くん、あの朱音ちゃんって子と付き合うんでしょう。告白されたんでしょう」

わたしを置いていくんでしょう。一人にするんでしょう。

「なんでそれを」

聞いていたから、とは言えなかった。黙っていると、由くんは、もしかして、と息を吐いた。

「うん。された。でも断ってきた」

「どうして」

わたしの問いに、叩《たた》いても叫んでもちっとも動じなかった彼がひるんだ。なぜ今更そんな顔をするのか分からなかった。

彼はいくらか考え、目を瞑《つぶ》り、少ししてから目を開けた。そして言った。

「僕はね、君のことが好きなんだ」

心臓が止まったかと思った。それくらいびっくりした。言葉の意味が分からなかった。今、なんて言ったの？

「……はい？」

「だから言っただろう。後半の二つは納得出来ないって。僕は君のことが好きだし、だから君以外の誰かのものになんてなるつもりはない」

どうやら聞き間違いではないらしい。

「いつから？」

「多分、初めて会った時から。ううん。君に初めて声をかけてもらった瞬間、すでに僕は君に惹《ひ》かれていたんだと思う」

ずっと欲《ほっ》していたはずの言葉だった。

でも、わたしの中の誰かが言い張る。これは同情だよ、と。

だったら、いらない。こんな形だけの告白なんて意味がない。わたしが怒っているから、泣いているから、優しい彼はそう言っただけなんだ。

「適当なこと、言わないでよ」

心の底から好きになってもらわないと、わたしはそこにずっと棲《す》みつけない。身を焦がすほどの熱がなければ楔《くさび》にならない。わたしはいつか消えてしまう。

「本気だ」

「嘘《うそ》」

「嘘《うそ》じゃない」

これまで何度、わたしがやり直したと思っているのだ。

好きになってもらう為《ため》に、いろんなことをした。けれど、その全ての場合において、彼は決してわたしに好きだとは言わなかった。告白に至るほどの想《おも》いに足りてなかった。

なのに特に何もせず、放課後二人で歩くだけだった今回に限って、好きだなんてそんなことがあるわけがない。信じられない。信じない。

「何も知らないあなたの、何を信じればいいっていうの？」

「じゃあ、どうしたら信じてくれるんだ」

少しだけ考えて、口を開いた。自棄《やけ》になっていたのだと思う。

「一つだけ話をしてあげる。この世界のどこにもない、でも、確かに存在していたわたしとあなたの話を。もしあなたがこの話を聞いて、それでも信じるなんてバカなことを言うなら、その時は――」

それ以上は言わなかった。

どうせ信じてもらえるわけがない。

わたしを信じるということは、世界や自らの記憶を疑うということに他ならない。わたしの言葉と世界。重い方がどちらかなんて、誰にでも分かる。

だから今まで一度だって話してこなかったのだ。

彼はわたしから視線を外さなかった。それを肯定と捉え、わたしはゆっくりと話し始めた。

七歳の誕生日の事故から始まった、たくさんのことを。


話し終えると、随分と時間が経《た》っていた。

世界が終わるまで、あるいは始まるまで、あと十分を切ってしまっている。

「こんな話でもあなたは信じることが出来る？」

「信じる。いや、信じたいと思う」

即答だった。

「どうして、まだそんなこと言えるの？」

わたしの言葉を受けて、由くんは空を見上げた。

あの鈍色《にびいろ》の雲のむこうには凛《りん》と輝くシリウスがあるのだろう。ペテルギウスやリゲルの輝きがあるのだろう。いつだったか、二人で星座を繋《つな》いだこともあったんだよ。二人共、星座を全然知らなくてさ、図鑑とにらめっこしながら探したんだ。

そんなことすら、あなたは知らないでしょう？

やがて由くんは呟《つぶや》いた。ああ、もう、本当に面倒くさい女だなあ、と。

「な、何よ。面倒くさいって」

「実際、そうだろう。まあ、それすら可愛《かわい》いなんて感じるのは惚《ほ》れた弱みかな。ねえ、由希」

彼は髪を雑に掻《か》き、微《かす》かに笑った後、真《ま》っ直《す》ぐにわたしを見ていた。

四年前のクリスマスイブの時みたいに。

「確かに僕は君の話をおかしいと感じている。記憶と違っているし、普通に考えたら丸ごと信じるっていうのは無理な話だ。だから、正直に言う。君の言葉が嘘《うそ》でも本当でも、僕はどっちだっていいんだ。どっちにしても、君の言葉を信じるって何度も言うから。勘違いして欲しくないんだけど、同情なんかじゃない。君が辛《つら》そうな顔をしていると僕がきついんだ。痛いんだ。

君が笑ってくれるなら、僕はどんなことだって信じるさ。君とずっと一緒にいた僕は多分、そんな男だったんじゃないか？」

言い返すことが出来なかった。

だって、由くんの言う通りだったから。

わたしの中に降り積もった四年分の思い出が、否定することを許さなかった。

ああ、そうだ。由くんはたくさんの約束を何一つとして守ってはくれなかったけれど、わたしのお願いは一つたりとも零《こぼ》さなかった。全て拾い上げてくれた。わたしが困っているって言ったら、助けてくれた。いつだって手を差し伸べてくれたではないか。

「僕は、多分、ずっとずっと君のことが好きだったよ」

さっきと同じはずの言葉が、今度はちゃんとわたしの心に触れる。

彼の手の温度に似た温かなものが広がっていく。こんなの、もうどうしようもない。

人はこの温《ぬく》もりを〝恋〟と呼ぶのだろう。

だったら、わたしはもう。ずっと前から。

いつしか雪が降り始めていた。世界が真っ白に染まっていく。

「そう言えば、由くんは初めて会った時から変な人だったね」

彼の望み通り笑いながら差し出した手を、彼もまた笑いながら摑《つか》んでくれた。

本当ならわたしの長い旅はここで終わらなければいけなかった。

だってわたしは彼に好きだと言ってもらう、この瞬間の為《ため》だけに生きてきたのだから。今なら彼の中にわたしの存在を永遠に刻みつけることが出来るだろう。

けれど心残りが一つ、うまれてしまった。

わたしは由くんにちゃんと自分の気持ちを伝えていない。

だからまだ終われない。それは、一度だってきちんとしたお別れをしないまま出会い続けたわたしたちに必要なけじめだから。

「ねえ、由くん。わたしもあなたが――」

でも、わたしの言葉が由くんに届くことはなかった。言葉が途切れる。ああ、そうか。

由くんの表情で悟った。

彼はいつもみたいに、わたしを知らない人を見るような目で見ていた。そこにはもう、わたしのことを好きだと言ってくれた男の子はいない。

音もなく、前触れもなく、世界が書き変わったのだ。

いつのまにか手は離れていた。

きっと手を握ってくれたことも、なかったことになっている。それでもわたしの手にだけはあの温《ぬく》もりが未《いま》だ宿っている。

それだけでよかった。

たったそれだけのことでわたしはもう、前に進むことが出来るから。

心臓が走り出す。

深呼吸をする。

何十回も、何百回もやってきたことなのに最後の最後まで全然慣れなかったな。

わたしのことを知らない由くんに声をかける瞬間は、いつだって緊張していた。

かけた言葉は全部違う。暑いね、だったり、寒いね、だったり、頑張るんだね、だったり。

映画に連れて行って、なんて言ったこともあった。本を取って、と頼んだことも。

そんな風にわたしは二百十三回、由くんに声をかけた。

何度も何度も飽きることなく。

あのたくさんの〝初めまして《ハロー》〟は全部、不器用なわたしの精いっぱいの告白だった。

わたしは由くんに、わたしのことを好きになって欲しくて声をかけ続けたのだ。その為《ため》に出会い続けたのだ。だったら、もっと単純でふさわしい言葉があるのではないか。

心を決める。

ゆっくりと口を開く。空気を震わす。

さあ、最初で最後のサヨナラを始めよう。

「ねえ、由くん。わたしはあなたが好きです」

Contact.214
これは、世界で一番幸せな恋の話

「ねえ、由《よし》くん。わたしはあなたが好きです」

見ず知らずの女の子に声をかけられた。

家にも帰らず、延々と町を歩いていた時のことだ。

春の日ざしのように暖かく、花を揺らす風のように柔らかな声だった。

思い返せば、僕はまずその声に惹《ひ》かれたのだと思う。

僕たちの出会いはどこにでもある町の、それこそどこにでもある空き地の中だった。昔、一匹の白い猫を埋めたことがある以外、何の縁もない場所。

だから当然、僕は彼女のことを何一つ知らなかった。

真っ白く陶器のようにつるりとした肌。

雲みたいに柔らかそうで、きめ細やかな髪の毛。

大きな瞳は澄んでいて、やけに深かった。

そんな女の子からの告白は、僕の頭の中にあったいろんなことを全て溶かしていった。

最後に、生まれて初めて抱く感情だけが手の中に残る。そいつはやけに熱くて、じんと痛んで、でも悪くない感じがした。その熱の赴くままに、感情を真《ま》っ直《す》ぐに伝える。

僕の返答に彼女は笑った。

とてもとても嬉《うれ》しそうに。

それから少しだけ寂しそうに。

やがて、彼女の小さな手がこちらに差し出された。

「もう一度、あなたの意思で摑《つか》んで欲しい」

言われるがまま、その手に触れる。

ずっと外にいたのか、冷たかった。でも二人で手を繋《つな》げば、そこから温かくなっていく。壊れないように大切に、でも、離れていけないように強く握る。

「ありがとう。改めて、自己紹介するね。わたしの名前は——」

高校三年の冬のこと。

こうして僕は椎名由希《しいなゆき》と出会った。


次の日、由希とは学校の正門前で待ち合わせをしていた。

明日も学校に行くんでしょう。だったら四時に正門で待ってるね、と有無を言わさぬ様子で告げられた由希からの提案に、僕はただ頷《うなず》くことしか出来なかった。

約束の時間よりいくらか早く学校を出ると、キャメル色の少しだけ大きなコートを着た由希が僕を待っていた。

「由希」

名前を呼ぶと、由希はその細い手をぶんぶんとちぎれそうなくらい振ってきた。まるで飼い主を見つけた犬の尻尾みたいだ。彼女の仕草の一つ一つから、喜びが伝わってくる。

「なんでそんなに嬉《うれ》しそうなの？」

「だって、由くんがわたしに気付いてくれたから。わたしの名前を呼んでくれたから。それはとっても嬉《うれ》しいことなんだよ」

「そっか」

手を出すと、由希はそっと手を重ねてきた。

「うわ、冷たい」

「結構、待ってたから」

「あれ。僕、待ち合わせの時間、間違えた？」

ううん、と由希は首を横に振った。

「違うの。わたしが楽しみで勝手に待っていただけなの。いつもそうだったの」

いつも、とは一体いつのことだろうか。

「それにしても手袋くらい着ければいいのに」

「手が冷たかったら理由になるでしょう？」

「何の？」

「手を繋《つな》ぐ理由」

「そんな理由をわざわざ用意しなくたって、別の理由があるのに。ほら、僕と、由希はその、付き合ってるんだから、僕の手くらいいくらでも。て、何、その顔」

由希はぽかんと口を半開きにして、目をパチパチと瞬《また》かせた。それから数秒の後、盛大に吹きだした。あはははと口を大きく開けて笑っている。そんなに笑うことないじゃないか。なんだか顔が熱くなってくる。

「由くんはすごいね。そうだね、付き合ってるんだもんね」

「バカにしてるだろう」

「そんなことないよ。褒めてるんだよ」

「本当かなあ」

「本当本当。さ、行こうよ。彼氏くん」

由希がぐんと僕の手を引っ張っていく。慌てて由希に追いついて、隣に並んだ。繋《つな》がれた手はそうして僕と由希の真ん中に落ち着いた。

僕と由希は付き合っている。

ただし、一週間の期間限定で。

❀

「あのね、わたしたちの交際って、一週間の期間限定なの」

好きですと言われ、付き合おうと言った後、すぐに期限を決められた。

「いやいや、待って。どういうこと?」

僕が尋ねると、由希はゆっくりと深呼吸をした。すーはーと可愛《かわい》らしく息を吸うと、彼女の豊かな胸が膨らんで沈んだ。

三度ほどそんなことを繰り返し、やがて話し始める決意を固めたように凜々《りり》しい目をしたけれど、すぐにその光は瞳の中で淡くなっていった。

ただ彼女がそれで諦めることはなかった。

もう一度深呼吸をしてから、ゆっくりと話し出した。

「わたし、由くんに一つだけ話しておかなくちゃいけないことがあるんだ」

それは一週間で雪のようにその存在が消えてしまう少女と、普通の少年が重ねた二百十三回の出会いの物語。

何度も何度も出会って、時間を重ね、思い出を形作り、最後には全てがなくなってしまう。

それでもそんな不思議な話をする由希は、僕に好きだと告げた時みたいに、ほんの少しの悲しみととびきりの幸福に満ちた笑顔をしていた。

春には花見をし、夏には花火を見上げ、秋にはおいしいものをたくさん食べて、冬には海に行ったこともあったんだよ、と由希は告げた。

「なんで冬に海？」

「誰もいない海を急に見たくなって。由くんは行くなら夏がいいってぶうぶう文句を言ってたけど、強引に連れて行っちゃった。覚えはある？　記憶は少し違うものになってるはずだけど」

思い返してみれば、確かにそういうこともあった。

冬の海に僕は一人だった。

隣には誰もいなかった。

砂浜に残る足跡も当然一人分。だからやけに寒かったのを覚えている。ああ、でも帰りにコンビニで買ったおでんはやけに美味《おい》しかったっけ。一人でたくさん買って食べたのだ。

由希の言っていることは、そういうことなのだろう。

忘れたとか、そういう次元の話ではない。

確かに存在していたはずの由希という女の子は過去の世界から消え、一人分の空白を別の何かが埋めてしまっていた。そうして出来た一見完璧に見える世界を、僕は本来の形であると認識している。綻びはない。故に、疑うことをしない。むしろ由希の口にした世界の方こそ誤りであると、僕の中の常識が糾弾し続けている。なのに——

「で、由くんはわたしの話を信じてくれるのかな？」

「信じるよ。いや、信じたいと思う」

僕はそう言った。少しのためらいもなく。

「君が好きだから」

小さな顔も、長くて毛先に癖のある髪も、少しだけ大きなコートを着ているところも、袖から少しはみ出た綺麗《きれい》な指の先も。胸だって大きいし、透き通る声はもちろん、由希の纏《まと》う雰囲気まで何もかもが僕の好みだった。

由希からは僕の好きな桜の花に似た甘い匂いがした。

一目見た時から思っていた。

由希はまるで、神様が僕の為《ため》だけに作り上げた理想の女の子みたいだと。

でもそれは間違いだ。

由希は初めからそうだったわけじゃない。彼女は長い時間をかけて、僕の理想の女の子になっていったのだ。

だから、答えはあまりに簡単だった。

僕は彼女の告げた四年間を信じたいんだ。由希の言葉や想《おも》いを、常識なんかで切り捨てることは出来ない。由希が笑ってくれる答えこそが、僕にとっての真実だ。

それでいいと思った。

「あなたは変わらないね。由くんはやっぱり変な人だ」

「変な人は嫌い？」

「ううん。大好き」

「じゃあ、変な人でいい。君が僕を好きでいてくれるなら。いや、そうやって笑ってくれるなら何だっていいんだ」

こうして、僕たちの期間限定の恋は始まった。

❀

学校を出てから、由希はずっとご機嫌だ。鼻歌なんかを歌っている。冬になったらラジオからよく流れてくるラブソング。僕が生まれる何年か前に流行《はや》ったらしいバラードを、由希の綺《き》麗《れい》な声が少し外れながらなぞっている。

駅前のアーケードを通り、ロータリーを抜ける。先月潰れてしまったパチンコ店の跡地を横目に郵便局まで歩き、その先の三つめの角を曲がった。

僕の左手には由希の手が未《いま》だ収まっていて、由希の右手には僕の手がずっと収まっている。そして僕たちのもう一方の手にはタイ焼きがあった。商店街の端でひっそりと営業していたお店を、由希がめざとく見つけたのだ。

由希が食べたそうにじーっとお店を凝視していたのでおごろうかと尋ねると、彼女は途端に顔を輝かせ、いいの？　なんて無邪気な子供みたいに笑った。

それから五分ほど、由希は餡《あん》こにするかカスタードクリームにするか悩みに悩んだ。

僕は由希が選んだものとは逆の方を買う予定なので、正直、この五分はあまりに意味のない時間だった。簡単な話だ。せっかく二人いるのだから、半分食べたところで交換でもすればいい。でも僕は黙っていた。悩み続ける由希がとても可愛《かわい》かったから。

結局、由希は餡《あん》こを選び、僕はカスタードクリームを買った。

猫舌である僕たちは、タイ焼きの熱を少し冷ましてからゆっくりと齧《かじ》った。ぱりっと焼かれた皮と甘いクリームが口の中で一体となっている。中の生地はふわふわだ。うん、美味《うま》い。そのまま僕はちびちびと食べ進めていたのだけれど、由希はあっという間に食べてしまった。

「えっと、早いね」

由希はむしゃむしゃと咀嚼《そしゃく》し、やがて満足したのかごくりと呑《の》み込《こ》んだ。それからにっこりと笑って、あーんと口を大きく開けた。それもよこせ。そういうことらしい。

「えーと、その」

「……」

「これ、僕のなんだけど」

由希は、ん、知ってるけど、それが何か？　みたいな顔をして首を傾《かし》げた。

「……」

「……えっと」

「……」

「……どうぞ」

僕の完敗だった。

それを合図に、由希はまだ八割近く残っていた僕のタイ焼きを一口で食べ切ってしまった。小さな頬をぱんぱんに膨らませ、満足そうにもしゃもしゃと咀嚼《そしゃく》を続ける。

「君は案外、食い意地が張っている」

僕が正直な感想を口にすると、由希はちょっと焦《あせ》った感じになった。咀嚼《そしゃく》のスピードが上がり、やがてごくりと喉を鳴らす。

「甘い物はね、仕方がないの」

その声はいつもより少しだけ早口だ。

「そんなこと言いつつも、実は結構気にしてるだろう？」

「してないし」

「本当かなあ」

「本当だもん」

焦《あせ》る由希の様子を楽しみつつ歩いていると、ふと赤い何かが目にとまった。そこに書かれている単語に思わず足を止める。

そうか、来週の水曜日は——。

❄

その性格の悪さを十二分に発揮してわたしをいじめていた由くんが、急に足を止めた。どうしたんだろうと、彼の視線を追ってみると、赤いのぼり旗が風の中で揺れていることに気付く。小さなケーキ屋さんのものだ。

先に口を開いたのは、わたしだった。

「そう言えば、ちょうどあと一週間なんだね」

「そうだな」

来週の水曜日は二月十四日だ。男の子が一年で一番甘いものが食べたくなるなんて言われている日。わたしたちの交際期間の終わりに、バレンタインはやってくる。

「もしよかったら、チョコくれないか？」

「欲しいの？」

「当たり前だろう。その、彼女からのチョコなんだから」

彼女と口にするたびに照れる由くんはなかなか可愛《かわい》らしい。

「いいよ」

そういえば、チョコレートってあげたことがなかったな。

それに、彼には一つ、とても大きな借りがあるし。返せるものは返しておいた方がいい。

「由くんにはチョコを貰《もら》ったことがあるもんね」

「そんなことあったっけ？」

「うん。そういうこともあったんだよ」

あなたは知らないけど、それがわたしたちの始まりなんだ。あの時のチョコは甘かった。その甘さが嬉《うれ》しかった。だからきっと今、わたしはここにいるんだ。

「そっか。じゃあ、よろしく」

「うんうん。楽しみにしておいてよ。だから、さっき言った言葉取り消して」

「さっき言った言葉？」

「食い意地が張っているってやつ」

「なんだ。しっかりと気にしてるじゃないか」

当たり前じゃない、女の子なんだもの。

❀

朝、目が覚めると窓の外は一面の銀世界だった。

昨日から降り続けた雪が積もったらしい。雲の隙間から伸びる太陽の光を雪の白が反射して、寝起きの目には少し痛い。しょぼしょぼする目をこすりながら部屋から出ると、漂う冷気に体が震えて一気に目が覚めた。フローリングの床は冷たく、裸足《はだし》の裏側は痛いほどだ。

毎朝のように覚悟を決めながら階段を下りると、母さんがせわしなく掃除をしていた。

「おはよう、ハル。朝ごはん、もう出来てるわよ」

「あれ、今日は早くない？　いつもなら掃除の後なのに」

「この雪でしょう。夏奈《なつな》がはしゃいじゃってね。早く遊びに行きたいからって作ってくれたの」

「ああ、それはラッキーだったね」

言いつつ、玄関のドアを開けポストまで新聞を取りに行く。

父さんは僕よりさらに寒さに弱いので、冬の間は僕の仕事なのだ。寒さにもめっぽう強い夏奈は言うことを聞かないし。

白く染まった小さな庭には、一人分の足跡が刻まれていた。それは一直線に外の世界へと続いている。ヒャッホーなんて言ったんだろうな。妹のはしゃぐ様子はありありと想像出来た。足跡は深く、歩みの力強さを表している。

ううう、といううめき声が白くなって冬の凜《りん》とした空気に捲《ま》かれていった。ジャージの袖を指のあたりまで伸ばして、ポストを開ける。いつものように透明な袋に閉じられた朝刊に手を伸ばす。

と、そこで声がした。

「由くん、新聞読むんだね」

「いや、僕はテレビ欄くらいで、これは父さんに頼まれてるから、って、ぇ？」

ポストから顔を上げると、由希がいた。雪の白に沈んだ庭先から、いくらか気の早い花の香りが漂ってくる。こんな朝早くから、何でここにいるんだ？

「雪が積もったから、嬉《うれ》しくなっちゃって。由くん、今から時間ある？　少し付き合ってよ」

「……もしかして結構待ってた？」

「ううん。本当にさっき着いたところ。二時間くらいは待つ覚悟だったけど、由くんが早く出てきてくれて助かっちゃった」

電話でもしてくれればいいのにと思ったが、由希は携帯を持っていない。

「ちょっと待っててくれる？　すぐに準備するから」

「別にゆっくりでいいよ」

「だって寒いだろう。あ、それとも中に入る？」

「ううん。大丈夫。ここで待ってる」

「分かった。急いで準備する」

僕は宣言通り大急ぎで家に入り、身支度を整えた。コタツで丸くなっている父さんの前に新聞を供え、夏奈が用意してくれたらしい朝ごはんをかき込む。着替え、歯を磨き、髪のセットを終えてもなお、コタツから出てきそうな気配のない父さんに外に行ってくる、とだけ言うと、分かっているのかいないのか。おお、という気の抜けた返事が返ってきた。

ドアを力の限り開くと、由希がおかしそうに笑った。

「早かったね。もういいの？」

「ああ。行こうか」

まっさらな雪原に僕たちの足跡だけが刻まれる。

僕の家があるのは街の中心から少し外れ、辺りは見渡す限り田んぼなのだけれど、全てが白に染まっている。その真っ白な雪たちは、小さな光の粒をキラキラと纏《まと》っていた。

「綺麗《きれい》だな」

「うん、すごく綺麗《きれい》」

そんな風にしばらく歩いていると、どこからか必死な声が聞こえてきた。

「おーい。ハルにい」

声の方に目を凝らすと、小さな人影がこちらに向かってくるのが分かる。近所に住む小学生の翔太《しょうた》だ。青色のセーターには雪の塊がべたっと平らになって張り付いている。

頬を真っ赤にして、額に小さな汗の粒をたっぷりつけて。

僕らのもとまで駆けてきた翔太は、よかったあ、と安堵《あんど》の息をもらした。

「はあ、はあ。やっぱりハルにいだ。姿が、はあ、見えたから追いかけてきたんだ。はあ」

「……何で？」

「助けて欲しくて」

「は？」

意味が全く分からなかった。誰かに追われてでもいるのかと翔太の背後を覗《のぞ》いてみるけど、田んぼを駆けまわる人影が見えるだけ。どうやら雪合戦をしているらしい。僕も小学生の時は友達とやっていたっけ。結構、楽しいんだよな。

僕はそこまで思い出し、思考を止めた。止めたはずだった。ただ走っている最中に急に足が止まれないように、思考もまたすぐに停止なんて出来ない。そう、僕は気付いてしまっていた。

そう言えば、朝早くから外に駆け出した奴《やつ》がいなかったか？

「由希、行こうか」

「逃げるなよ。分かったんだろ」

「分からない。見てないし」

「じゃあ、見ろよ」

「嫌だ」

断固拒否する。

せっかくの貴重な祝日に、あいつのおもりなんて勘弁して欲しい。

だけど僕の決意はあっけなく折られてしまった。見なくても、聞こえてしまったのだ。僕がよく知っている女の子の、独特の笑い声が。それはもう、はっきりと。

「ぬはははは」

翔太がほら、もう逃げられないよ、と責めるように僕の名前を呼ぶ。

「ハルにい」

「よせ。それ以上言うな」

でも翔太は僕の制止を振り切り、笑い声の正体を告げた。

「あいつ、ハルにいの家のバケモノだろう。どうにかしてよ」

ああ、言われてしまった。

くそう。分かりましたよ、ええ、分かりました。ため息をついて諦めた僕は、自分の目にしっかりと声の主を焼き付けた。間違いなかった。

「ああ。確かにうちの大バカモノだ」

それはわが家の可愛《かわい》い可愛《かわい》い妹様の声だった。

僕の妹、瀬川《せがわ》夏奈は、なんというか台風のような女の子だ。

顔がよく愛嬌《あいきよう》もあるので人気はあるが、有り余っている体力の発散にいろんな人間を巻き込むので、特にその餌食《えじき》となることの多い近所の小学生からは恐れられたりしている。

今回の件にしてもそうだ。

翔太の話によると、初めは小学生だけで雪合戦をしていたらしい。けれど夏奈に見つかってしまった。中身が小学生男子でしかない夏奈がそんなものを見つけて我慢出来るわけもなく、屈託のない笑顔で入れて、と言う姿はありありと想像出来た。

翔太たちも遊ぶ人数は多い方がいいということで、快く迎え入れてくれたのだけど……。

問題は、雪合戦に参入した夏奈が、負けた方が勝った方の言うことを何でも一つ聞く、というルールを付け足したことにある。小学校低学年の中に、身体能力だけは中学トップレベルのやつが入るとどうなるか。想像するのは容易《たやす》いだろう。

夏奈の手下になる未来から逃れる為《ため》に、少年たちは必死にならざるをえなくなったというわけだ。

ああ、だから聞きたくなかったんだ。兄として、心底恥ずかしく、やるせなくなるから。

「事情は分かった。何とかしよう。ただ僕がやるのは夏奈を倒して、せいぜい勝負をイーブンに戻すところまでだ。その後は手を貸さない。それでいいか？」

「いいよ。それでいい」

「じゃあ、悪いけど、由希。ちょっと待っててくれる？」

「へ？　何で？」

振り向くと、由希はなぜか屈伸をしたり体をひねったりしていた。

「もしかして、雪合戦やりたいの？」

「うん。楽しそうだし。やったことないし」

ニコニコと天使のように笑う由希を見て、翔太が尋ねてきた。

「なあ、ハルにい。さっきから気になってたんだけど、このお姉ちゃん誰？　芸能人？」

翔太の無邪気な疑問に、由希は腰を下ろし、翔太と目線の高さを合わせてからにっこりと笑った。翔太の顔が一気に赤くなる。

「ごめんね。芸能人じゃないんだ。お姉ちゃんはハルにいちゃんの彼女なの」

由希の言葉に、翔太は今まで見たこともないくらいキラキラと目を輝かせた。

「ハルにい、すげーじゃん。こんな綺麗《きれい》な彼女を作るなんて」

「ま、まあな。それでさ、翔太、このお姉ちゃんもチームに入れてもらっていいか？」

「もちろん」

「ありがとう。よろしくね」

「うん。よろしく」

そう言って由希と握手をした翔太は、途端に表情をくしゃっと歪《ゆが》めてしまった。目じりが下がって、申し訳なさそうにしている。

「あ、ダメだ。ごめんね。お姉ちゃん。悪いんだけど、ナツねえのチームに入ってもらわないといけないみたい」

「どうして？」

「だって、お姉ちゃん、敵の匂いがするんだもん」

「敵の匂い？」

僕と由希は顔を見合わせた。

一体、どういうことなのだろう。

夏奈のチームは由希を入れて十人。

こっちは僕を入れて残り五人。

戦力はほぼ倍ほど違うけど、この雪合戦は地面に膝がついたり倒れたりするか、自主的にギブアップするかのどちらかで退場になるから、油断をしなければさすがに負けることはないだろう。そう思いたい。男として力勝負で女の子に、それも彼女と妹に負けるなんてことはさすがに恥ずかしすぎる。

二つのチームの陣にはそれぞれいくつか雪の盛っているところがあって、小さいながらも体を丸めれば身を隠すことが出来る。僕はそのうちの一番敵チームに近いやつに身を隠して、じっと機を待っていた。

一時的に、こちらからの攻撃は止めさせている。

夏奈は騒がしいのが好きなので、戦場が静まり返ると我慢出来なくなり一人で突っ込んでくるはずだ。狙いは不意打ちからのカウンターだった。

そのまま少しだけ待っていると、想定通り敵チームから一人颯爽《さっそう》と飛び出してくる奴《やつ》がいた。赤いマフラー、赤いコート、赤い手袋を身につけたやたらと目立つ女の子。血気盛んなそいつはやたらと赤が好きなのだ。

「ぬははは。わたしに続けー」

なんて叫びながら猛スピードで突っ込んでくる。まあ、格好の的だった。その大きく開いた口をめがけて僕は雪玉を思い切り投げた。

「へぶち」

クリーンヒットだ。

変な声を上げて、夏奈の動きが止まる。顔についた雪を拭い、口に入った雪をペッペッと吐き出している隙に畳みかける。

「何が、わたしに続けー、だ。何やってるわけ、夏奈」

「げ、ハルくん。な、何でここに」

「何でここに、じゃない」

僕のいきなりの登場に驚いた夏奈は、案の定、体勢を崩した。夏奈は本能に従って動き回るので、予定外の出来事に弱いのだ。だけど持ち前の運動神経のよさからか、そのまま倒れるなんてことはない。分かっているさ、もちろん。

だから作戦はちゃんとたててある。

僕は体勢を崩した夏奈の顔の辺りに雪玉を投げた。頭を下げればギリギリ避けられるくらいの高さだ。夏奈は体を反って雪玉を避けるが、重心が後ろに傾く。次はもうちょっと低く投げる。それも避ける。さらに重心が後ろへ。

要するに、リンボーダンスの要領だ。

それを三回くらい繰り返すと、堪え切れなくなった夏奈はばたんと背中から倒れてしまった。

「勝利」

僕が片手を上げ、チームメイトに夏奈を倒したことを伝えていると、倒れ込んだ夏奈がぶうぶうと文句を言い出した。

「ひきょー、ひきょーだよ。ハルくん、男の子でしょ、高校生でしょ。勝てっこないよ」

どうやら反省していないようなので、敗者に鞭《むち》をうちもう一発。

「へぶ。うう。あー、もうまた口の中に雪が入ったあ」

「何が卑怯《ひきょう》だ。小学生の中に中学生が入るんじゃない」

と、ここまでは予定通りだった。ただ、僕には一つ忘れていることがあった。敵のチームにとても素直な年長者がまだ残っていたことを。

その子は素人《しろうと》だった。

だから、戦略とか定石を知らなかった。

ただ何も知らずに、僕の妹の言葉に従ったにすぎない。

そう、何も知らなかったのだ。

それがこちらを倒す為《ため》の最適解だったなんて。

「さあ、皆。夏奈ちゃんに続いて突撃しよう」

「んげ」

よく通る声を皮きりに、相手チーム九名が残りの雪玉を全部抱えて突っ込んできた。

仮に互いの人数がイーブンならこちらが有利だっただろう。夏奈にしたようにカウンターでぶつけてやればいい。ただ敵の戦力はこちらの約二倍だ。物量で攻められてしまえば、どう考えても対応しきれない。

「へぶ」

宙を飛び交うたくさんの雪玉の一つが顔に直撃して、妹と同じ奇声をあげる。

ん、なんだこれ。甘い匂いがするぞ。この匂いは――。

「ねえ、夏奈。この雪、なんか桜の匂いがしないか？」

雪の上で死んだふりをしていた夏奈は、ちょっとだけ目を開け、こちらをちらりと見ながら答えた。

「こっちのチームの玉は分かりやすいように、雪に桜の香水を染《し》み込《こ》ませてるの」

合点がいった。

それで桜の匂いのする由希はむこうのチームなわけなのか。

「なんでそんなことを。いや、ちょっと待て。あれ、出所はどこなわけ。小学生が持ってるわけないし。まさかあの香水って夏奈の？」

夏奈は、あ、やべえって顔をした後、ぷいっとそっぽをむいた。吹けない癖に唇を尖《とが》らせ、ふーふーなんていう口笛もどきでごまかそうとしているあたり、やっぱり残念な妹である。

そう言えば、母さんが中学生になった夏奈を少しでも女の子らしくしようといろいろと押し付けていたけれど、嫌がっていたっけ。

「自分で使わないからって、こんな無駄遣いするなよ」

「違うし。無駄じゃないし。分かりやすいようにって言ってるじゃん」

「雪玉に分かりやすさとかいらないだろ」

「甘い匂いがして美味《おい》しそうだよ」

「お願いだから食べないでくれ。お腹《なか》壊すから。そもそも何で雪に桜？　季節が違うだろ」

そうこう言っている間に敵チームから間合いを詰められてしまい、集中砲火を食《く》らうはめになった。体勢を立て直そうと試みるが、そんな時間は与えてもらえない。

「ちょ、止《や》め。タイムタイム。痛い痛い」

「それー、あのお兄ちゃんをやっつけろ―」

先陣を切り、何の容赦もなく僕に雪玉をぶつけてくるのは、ついさっき、お姉ちゃんはハルにいちゃんの彼女なの、なんてやたらと可愛《かわい》いことを言ってくれた女の子だった。僕の頭の中で由希のセリフがリフレインしている。お姉ちゃんはハルにいちゃんの彼女なのー、なのー、なのー。幻聴だった。妄想だった。

やがて僕は倒れ込んだ。顔は痛いのか、冷たいのか、甘いのか。麻痺《まひ》してしまっていて、分からなかった。

「殺《や》った」

倒れた僕に見せつけるように、ガッツポーズをとる由希。

「いや、死んでないから」

「むふふふ。由くん、負けたんだから言うことを聞いてもらうからね」

「それ、僕にも有効なの？」

「当たり前でしょう」

分かりました、敗者は大人しく勝者に従うことにします。ひらひらと手を振って降伏を表すと、由希はうむと満足そうにしていた。

「じゃあ、皆。残りの敵を倒すよ。それー、突撃」

生き生きと駆け出す由希を見送った僕の横で、夏奈が言った。

「ねえ、ハルくん。あの綺麗《きれい》な人、誰？　ハルくんの知り合いだったの？」

「……雪の妖精じゃない？　桜の匂いがするだろう」

説明するのも面倒で嘯《うそぶ》いた僕に、夏奈は変なの、と呟《つぶや》いた。雪と桜じゃ季節が違うよ、なんてさっきの誰かの真似《まね》をしながら。


二月十三日、火曜日。

僕と由希が恋人になってちょうど一週間が経過するその日、平日の昼間から僕たちはデパートの屋上遊園地にきていた。

小さな観覧車は雨風のせいでところどころ錆《さ》び、アニメのキャラクターを模した乗り物は五台中三台に故障中である旨《むね》の紙が貼られている。動くのは青色の猫型ロボットと赤いほっぺをした電気ネズミのみ。電気ネズミには小さな男の子が乗っていて、三分くらいノロノロと動いたそれは、やがて遊園地の真ん中あたりで停止した。

昨日あれだけ積もっていた雪はほとんど溶けてしまい、影のところに少し残っているだけ。小さな雪だるまの顔は半分くらい崩れてしまっている。

僕たちは角の欠けたプラスチックのベンチに腰掛けていた。座れるような場所がそこしかないのだ。灰色の空に向かって、僕は呟《つぶや》いた。

「で、何でこんなところにいるんだっけ？」

「由くんが雪合戦に負けたからでしょう。今日一日はわたしの言うことを何でも聞いてね」

当然のことのように言われてしまう。

昨日の雪合戦で負けた僕は、由希のお願いを聞かなくてはいけなくなった。当初、一つだけだったはずのお願いは、いつしかその効果を広げていた。女の子は強《したた》かだ。とても自然に要求を呑《の》ませる。まあ、悪い気はしないんだけどさ。

じゃあ、最初のお願いはね。由希は言った。デートをしよう。由くんと行きたいところが二つあるの。その内の一つがここというわけだ。

「いや、その通りだけど、そうじゃなくてさ。なんで屋上遊園地？」

「わたし遊園地って好きなの。だから由くんときたかったの」

「だったらもっと違うさ。ちゃんとした遊園地に行こう」

「ううん。ここもちゃんとした遊園地だよ」

「由希はここで満足してるの？」

「うん」

「楽しいの？」

「うん」

「じゃあ、いいけど」

そうだ。由希が楽しければ何でもいいのだ。

僕は膝を叩《たた》いて立ち上がり、由希に手を伸ばした。

「せっかくだし、乗り物でも乗ろうか」

「ええ、恥ずかしいよ」

「大丈夫だって。ほとんど誰もいないし。それにほら、せっかくの遊園地なのに何も乗らないなんて、そんなのは嘘《うそ》だろう」

由希はいろんな言い訳を並べてから、ようやく僕の手を取った。延々と言い訳を聞き流し続けた僕の勝利だ。どっちに乗るのかを尋ねたところ、由希は猫の方が好きだからと猫型ロボットを選んだ。

「百円入れるよ」

「由くんは乗らないの？」

「一人乗りだしね。あと」

「あと？」

由希が可愛《かわい》らしく首を傾《かし》げたのと同時にコインを入れ、言い逃げる。

「十八歳にもなってこれはさすがに恥ずかしい」

「もう、そんなことってある？」

僕の一言に由希はむくれたが、彼女のパンチが届く前に猫型ロボットから離れることに成功した。へんてこな音楽と共に、猫型ロボットがゆっくりと動く。

さっき電気ネズミに乗っていた子供が由希を指さし言った。

「ママ。今度は僕、あれに乗りたい」

「お姉ちゃんが終わってからね」

ああ、これは恥ずかしい。由希を見れば首筋まで赤くして、両手で顔を隠してなんかいる。

そんな由希がとても可愛《かわい》らしかったから、後でビンタの一つや二つは我慢しようと心に決めた。


結局、ビンタの代わりに自販機でジュースをおごることになった。

コインを滑らせると、ボタンにぱっと光が灯《とも》った。緑色の光だ。

「好きなのをどうぞ」

由希はしばらく真剣な顔をして悩んでから、ココアを選んだ。僕も同じものを買うことにする。僕たちは二人ともブラックのコーヒーを飲めないのだ。子供という年ではないけれど、大人とも呼べない年頃。今の僕たちは、その二つの境界線の上に立っていた。

転落防止用の柵に背中を預け、並んで同じココアを口にする。

少し動けば触れられるほど近い距離。由希の存在が、温度が、匂いが分かる。彼女は手を温めるように缶を両手で包んで、ゆっくりとココアを飲み込んだ。

「ねえ、由くん。ありがとう」

不意に由希がそんなことを言った。

「何のお礼？　僕は何もしてないよ」

「そんなことない。ココアを買ってくれた。ここに連れてきてくれた。他にもたくさんの思い出をくれた。ね。お礼を言うには十分でしょう？」

由希は何かを思い出すように目を瞑《つぶ》っていた。

まぶたの裏側で僕の知らない世界を眺めていた。

「わたしね、由くんの笑った顔が好き。怒った顔が好き。泣いた顔が好き。照れた顔が好き。困った顔が好き。焦《あせ》った顔が好き。わたし、由くんと出会ってから今日までの日々のことを、死ぬ前に絶対に思い出すと思う。いつか由くんが言った通りだった。必死にあがいて、もがいて辿《たど》りついた場所には、欲しかったものはなくても、もっと素敵なものがあった」

由希はそこで言葉を切った。多分、彼女は続きを聞いて欲しくて言葉を待っている。僕はその希望に沿うことにした。

「君は何を見つけたの？」

「あなたがいたの。ずっと空っぽだと思っていたわたしの中に、由くんがいた」

うん、と呟《つぶや》き、満足したようにゆっくりと由希の目が開いていく。

「わたしの日々は由くんであふれていた」

どうしてかな。

全然泣くようなことじゃないのに、涙が零《こぼ》れ落《お》ちそうだ。僕はごまかす為《ため》に空を見上げた。赤く染まりだした雲の腹を睨《にら》む。目に痛いほどの鮮やかな赤が、瞳の奥で滲《にじ》んでいる。

不意に由希が手を伸ばし、僕の頭をそっと撫《な》でた。彼女の方が背が小さいから、少しばかり背伸びをしている。触れられたところが温《あたた》かかった。心地よかった。

「……何してるの？」

「ん？　撫《な》でてるの。由くんが泣きそうな顔をしてたから」

「子供じゃないんだけどな」

「いいじゃない。さっきわたしも恥ずかしい思いをしたんだから、由くんも少しはそういう思いをすればいいのよ」

おあいこおあいこ、なんて言いながら由希の指が僕の髪の上を何度も滑っていく。ああ、くすぐったい。なんだコレ。なんでたったこれだけのことがこんなに嬉《うれ》しいのだろう。彼女の手の感触に、顔がつい笑ってしまう。

それを見届けてから、由希は、よしと言った。

「ようやく笑ったね」


日が暮れ、遊園地を後にした僕たちがやってきたのは、僕が通う高校だった。

ここが由希が行きたがった、もう一つの場所。

時間は七時を過ぎ、夜に染まった校舎の灯《あか》りはところどころ消えている。オレンジの光が点《つ》いているのは、職員室、自習室。それから二年の教室が二つに、一年の教室が一つ。受験対策組は、自習室に籠《こも》っているのだろう。三年生の教室は全ての灯《あか》りが消えていた。好都合だ。

夜の闇に紛れ、由希の手を引いて校舎に侵入する。

薄暗い階段に僕たちの足音が響く。途中、一度だけ先生とすれ違ったけれど、由希を背中に隠し、忘れ物を取りにきましたと言うと、おう、とそっけない返事をして見逃してもらえた。暗いから由希の顔もよく分からなかったのではないかと思う。

先生が見えなくなってから、由希と二人でほうっと息を吐き、改めて僕の教室へと向かった。

幸い鍵はまだかかっておらず、扉をスライドさせると、ガラガラと聞き慣れた音と共に教室は廊下と繋《つな》がった。

窓から差し込む月の神聖な光が、教室の半分を銀色に染めている。

僕にとっては見慣れた教室を、しかし由希は物珍しそうに見回した。わあ、と声をあげ、机の表面を宝石にでも触れるかのように撫《な》でていた。あ、落書きしてる、なんて言いながらぐるりと教室を一周した由希が、不意に僕の方を向いた。

「ね、由くんの机はどこ?」

「え? ああ。右から三列目の前から四つ目だけど」

由希の様子に見惚《みと》れていて、反応が少し遅れてしまった。それでも何とか答えると、由希は、いち、に、さん、し、と数えながら僕の机の方へと歩いて行った。

「ここ?」

「うん」

そのまま僕の席に座るのかと思ったけれど、なぜだか由希は僕の隣の席に座った。そして、

「はい、由くん。お願いの二つ目。席に座って」

僕の椅子をポンポンと叩《たた》いた。それで僕がどうしたかって? 言われるがままに席に座ったさ。もちろん。

自分の席から見る教室は見慣れたものであるはずなのに、隣の席に由希がいるだけで色が変わって見えた。ボロボロの机も、チョークの痕《あと》が残っている黒板も、誰もが下らないと思っているクラス目標が書かれた紙にすら、光が宿る。

「なんかさ、由希がクラスメイトみたいに学校にいるのってすごくいいね」

「ようやく分かった?」

素直な気持ちを吐露すると、なぜだか勝ち誇った顔で由希が言った。

「三年前はそのよさが分からないって誰かさんは言ってたけど」

「そんなバカがいたんだ？」

「うん。そんなおバカさんがいたんですよ。あ、でも一緒の学校に通っていてもわたしたち、クラスメイトにはなれないのか。わたしの方が一歳年上だしね。ねえねえ、椎名先輩って言ってみてよ」

由希の声が近かった。由希が動くたび、机が揺れた。僕の中にある何かも揺れ続けていた。

「……椎名先輩」

途端に由希はニヤけた。

ねえ、もう一回。ヤダよ。お願い。仕方がないなあ、椎名先輩。いいね、もう一回。椎名先輩。次はちょっと仲よくなって、由希先輩でいってみようか。由希先輩？　いいね、いいね、もう一回。もー、嫌だ、由希、なんか変態っぽいし、目が据わってるし。変態ってひどい。

僕が何かを言うたびに、由希は笑い、怒り、落ち込み、拗《す》ねた。

教室に僕と由希の声だけが響く。

話の流れの中で、どうして、と僕は尋ねた。本当はずっと聞きたかったことだ。

「どうして僕の教室に行きたいなんて言ったの？」

「……朱音《あかね》ちゃんにね、言ったの」

いきなり出てきたその名前に驚いてしまう。

「ただのクラスメイトでしょうって。だからわたしと由くんの関係がなんであれ、あなたには関係ないでしょうって。でも、しばらくしたら悔しくなっちゃってさ。クラスメイトも羨ましいなあって。だってわたしは教室にいる由くんを知らないんだもの。それにさ、最後だし」

由希は椅子から立ち上がって、僕から距離を取った。長めのスカートが風を孕《はら》んで膨らんだ。彼女は闇の中にいた。光と闇の境界線に触れるように立っている。

「最後って」

繰り返した言葉の響きに、ぴりりっと痛みが走る。

「だって、由くん卒業しちゃうでしょう？　だからその前にって思ってさ。こんなチャンス、めったにないし」

「ああ、そういうこと」

他意はないはずだ。

今まで何百回も繰り返したと由希は言った。だから僕たちはまた何度だって出会うんだ。なあ、そうだろう。

「ねえ、由希先輩」

機嫌でも取っておこうとそう言うと、由希は、んーと目を細め、ぽりぽりと頬をかいて、最後に首を横に振った。

「その呼び方も悪くはないけど、やっぱりいつもの呼び方が好きみたい。由希って呼んで」

「由希」

彼女の名前とセットのように、その言葉は付いてきた。

「僕は君が好きだ。すごくすごく好きだよ」

「知ってる。何度も言ってもらったもの。わたしも由くんが好きよ」

その時、激しい衝動が僕を襲った。抗うことは出来なかった。僕は由希のもとへ駆け寄り、その小さな体を思い切り抱きしめた。桜の甘い匂いがした。いや、違うか。

これはもう僕にとっては由希の匂いだ。

「わわ、どうしたの。いきなり」

「由希が悪い」

「わたしのせいなの？」

「ああ、由希のせいだ。全部、何もかも、由希が悪い」

「そっか。じゃあ、しょうがないね。由くんが甘えん坊なのもわたしのせいか」

「だから言っただろう。全部、何もかも」

こんな僕にした由希が悪い。

くすくすと笑う由希の顔に、自分の顔を近付けていく。

何をしようとしているのか分かったのか、由希はきゅっと目を強く瞑《つぶ》っていた。その頬は赤く染まり、やがて彼女は僕を受け入れる準備を整えた。由希が愛《いと》しいと、何度思ったのか分からないことを、もう一度思う。

月の光すら届かない世界の端っこで、僕たちは誰も知らないキスをした。

重ねた由希の唇は冷たくて、震えていた。ぎこちない、ただ唇と唇を重ねるだけの幼いキスだったのに、何度も告げた好きの言葉より、何度も握った手の強さより、何倍もお互いの気持ちが、温度が、分かる。

こうやって人という種はずっと前から、お互いの存在を強く確かめ合ってきたのだ。

永遠にも似た五秒の後、由希は表情を隠すように僕の胸に顔を押し付けて、拗《す》ねたように言った。でも、僕には分かる。ただ照れてるだけだってこと。

「初めてのキスだったんだけど」

その様子がたまらなく可愛《かわい》くて、僕は笑った。ほら、やっぱり由希が悪いじゃないか。こんな可愛《かわい》い女の子を前にして、我慢出来る男なんているわけがない。

「じゃあ、間違いなく僕もファーストキスだ」

「ねえ」

由希は顔を上げた。その顔は耳まで真っ赤だった。

「三回目のお願い。もう一回して？」

僕たちはそして、何度も唇を重ねた。

由希と正門前で別れてしばらく家の方へ歩いていると、ポケットの中のスマホが震えた。画面に表示されたのは〝公衆電話〟の文字。普段なら決してとることのないその着信を、今日に限ってとることにしたのには理由がある。

なんとなく相手が分かっていたからだ。

「もしもし、由希？」

むこうが名乗るより早く名前を言い当てると、当たり、とだけ由希は言った。

電話口から漏れる声は小さいのにいつもより近くて、息遣いすら分かる。さっきまですぐそばにあったもの。手の中にあったもの。

僕はジジジと鳴き続ける街灯の下まで歩くと柱に背中を預け、空を見上げた。由希は今、どこにいるのだろうか。彼女のことを想《おも》いながら耳をすませた。

「もうちょっと話がしたいなあって思って。いいかな？」

「もちろんいいよ。でも、どうしたの？　何かあった？」

「……どうして？」

だって、とそんなたった三文字の言葉が上手《うま》く言えなかった。唾を飲み込み、仕切り直す。

だって。今度は上手《うま》く言えた。だから言葉を続けなければならない。

「声が震えてる」

寒さのせいじゃないことくらい、鈍い僕でもさすがに分かる。

「わたしの声、震えてる？」

「ああ」

「そっか。震えてるのか、そっかあ。ねえ、一つ教えて。由くんはわたしのこと、忘れたくない？　ずっと覚えておきたい？」

「当然だろう」

「どんな対価を払っても？」

「うん」

深く考えずに答えてしまった。

これが、最後の分かれ道であることに気付かぬまま。

「うん。そうだよね。由くんならそう言ってくれると思ってた。だったら、お願いがあるの。最後のお願い。聞いてくれる？」

「もちろん。僕は今日一日、君のお願いを叶《かな》えなくちゃいけないから」

「ありがとう。じゃあさ」

由希はあっさり言った。遊園地に連れて行って。学校に行きたいな。それらと一緒の温度で、こう言った。

「わたしの為《ため》に傷ついて」

「え？」

「わたしを好きになって、愛して、憎んで、悔やんで、苦しんで。あなたの全ての感情で、わたしをあなたの心に繋《つな》ぎ止《と》めて。忘れないで」

それが由希の最後のお願いだった。

咄嗟《とっさ》に時計を見る。十時五十四分まであと一時間を切っていた。じわりと背中に汗が滲《にじ》んだ。寒いはずなのに、なぜか暑い。気持ちが悪い。何も聞きたくない。耳を塞《ふさ》いで、さっきまで手の中にあった幸いを摑《つか》んだまま家に帰り、眠ってしまいたい。

ああ、そう出来るならどれだけ楽だろう。けれど、由希はそれを許してはくれなかった。

彼女の唇からぽつりと言葉が零《こぼ》れた。


――わたしね、今から死ぬの。


彼女の声は、笑っているようにも泣いているようにも聞こえた。

「なんで」

「わたしは由くんからたくさんの時間を奪った。あなたの中に積もるはずだった時間、思い出、そういうものをわたしは確かに奪ってきた。ひどいことをたくさんしてきたの」

「そんなことない」

「ううん。そんなこと、あるんだよ。でも、あなたはそんなわたしのことを好きだって言ってくれた。嬉《うれ》しかったよ。すごくすごく。だからこそ、わたしはあなたの中にいたいって強く願った。由くんが傷つくことになっても、たとえ、あなたに嫌われてしまっても。この世界でたった一つ、わたしの居場所があるのなら、それはあなたの中だけだって思うから」

それは僕の質問の答えではなかった。多分、由希はそういうことをちゃんと分かった上で、あえてこんなことを言っているのだろう。

それでも、彼女の言葉に少しの嘘《うそ》もないことだけは、どうしようもなく分かってしまった。

歩いてきた道を再び駆け出す。

橋を渡り、公園を斜めに突っ切る。トイレの光が微《かす》かに道を照らしている。分かれ道でたたらを踏む。ああ、くそ。悩む時間すら惜しいのに。結局、駅の方へ向かった。

「なあ、由希、ちょっと待って。僕が行くまでそこにいて。すぐに行くから。話をしよう」

「わたしのお願いはなんでも聞いてくれるんじゃなかったの？　また約束を破るの？」

「また？」

「そう、まただよ。由くんはいつだってそう。出来もしない約束ばかりをする」

「僕は約束を破ったことなんて」

「思い出すって言った」

「え？」

「桜の匂いがしたら、わたしのことを思い出してくれるって言った」

「……」

「絶対に忘れないって言った」

「……」

「映画に誘ってくれるって言った」

「……」

　そうして由希は一つ一つ、この世界のどこにもない、けれど由希の中には確かにある約束を告げた。僕は謝ることすら出来なかった。いや、謝る権利すら僕にはないのか。

「全部、嘘《うそ》だったじゃない」

だから。と、由希の声は掠《かす》れていた。この約束だけは叶《かな》えてよ。

「あなたがいい。他の誰かでもいいなんて、もう言えない。あなたじゃなくちゃ嫌。わたしはどんな形でもいいから、あなたの中にずっとずっといたい。もう、忘れて欲しくないの。あなたから、何も奪いたくないの。少しでもいいから、なんでもいいから、残したい。これはね、その為《ため》のたった一つの方法なんだ」

　駅前に辿《たど》りつく。

　由希の姿はない。

　周りを見回していると、自転車に乗ったおじさんとぶつかりそうになってよろめいた。おじさんは僕を睨《にら》み、気をつけろ、と怒鳴った。電話しながら、歩いてんじゃねえ。大きな声が反響していく。軽く頭だけ下げて、市役所の方へ向かう。後ろの方でおじさんがさらに何か言っているのが分かったけれど、振り向かなかった。

ただ由希の姿だけを探して走り続けた。

❄

全てを失った日から、一人でずっと歩いてきた。

どこに向けたらいいのか分からない虚《むな》しさや、怒りや、憎悪《ぞうお》が、いつしかわたしの生きる理由になっていた。もし、それらを一つでも欠いてしまえば、たちまちわたしは立つことさえままならなくなっていただろう。

あの日、彼が声をかけてくれるまでは。

比喩ではなく、冗談でもなく、あの日から世界が変わった。

彼が変えてくれたのだ。

夢が出来た。

生きる理由になった。

幼いわたしがやりたかったことが一つ一つ叶《かな》えられていった。

いつしか虚《むな》しさも、怒りも、憎悪《ぞうお》すらなくなり、もっと温かなものがわたしの中を埋めていた。もうわたしは、この気持ちから目をそらさない。

ああ、そうだ。

わたしは生まれて初めての恋をした。

この愛《いと》しく美しい日々にどんな名前をつければいいのか。少しだけ考え、首を振る。これはそんな素敵な名前をつけていいものじゃない。

二人でずっと一緒にいたかった。

どこまでも遠くまで一緒に行きたかった。

でも、無理だから。叶《かな》わないから。

この日々の終わりは、わたしたちの結末は、あまりに深い悲しみに満ちている。

わたしたちは、このたった一度の別れの為《ため》に出会い続けてきたのだ。

❀

市役所の前の通りは閑散としていた。誰の姿もなく、何の音もない。街灯の丸い光にプリズムの輪がかかっている。下を見れば、足もとから影が三つ伸びていた。右に左。それから前。影の対角線上に光源があるのだろう。右、左。それから前。

どれを選べば、僕は由希のもとに辿《たど》りつけるのか。

分からなかった。

分からないまま、僕は前へと足を踏み出した。分からないなりに、それでも確かなことが一つある。

進んだ先にしか、由希はいない。

だから、そう。僕は前を向いて走り出す。

最短距離で、最高速度で由希に向かって走り出す。

＊

透明なガラスの中にいるわたしを、黄色い明かりが照らしていた。外は風がびゅううと吹き、古い掲示板に貼られたポスターは、画鋲《がびょう》が落ちでもしたのか、一片だけがはためいている。

指の先を伸ばしてみるけれど、それは透明な壁に阻《はば》まれてしまい、届かなかった。

指を離すと、ガラスにはわたしが触れた跡が少し残っていた。

今はまだ、わたしはこの世界に存在している。そう、彼の中にも。

由くんの中にいるわたしは可愛《かわい》い女の子だろうか。

可愛《かわい》かったらいいなあ。ああ、でもわがままも言ったし、意地悪もしたし、甘えたからダメかも。汚いところも見せちゃったし。食い意地が張ってるなんて言われちゃったし。

それに、結局、その全ては黒く塗りつぶされる。痛みと、悲しみと、絶望がわたしの形に切り取られてきっと由くんの心を染め上げる。

そこまでしてようやくわたしは彼の心に残るのだ。

その為《ため》の方法はこれしかなかった。

そもそもわたしの痕跡が消えてしまうのは、わたしが未来に行こうとするからだ。わたしが生きる為《ため》に、世界はわたしの痕跡を消さなくちゃいけない。だったら、わたしが死ねば痕跡を消す必要はなくなる。当然、今まで消された『過去』までは戻ってこないけど、まだ奪われていない『今』はここに残せる。

わたしはこの時をずっと待っていた。

一週間だけの恋人。

想《おも》いを、確かに重ねた。

あの黄金のように輝く時間の中で、わたしは彼の中に深く、強く、刻み込まれたはずだ。

その上で、由くんにわたしを求めてもらう。手を伸ばして、足掻《あが》いてもらう。必死になってもがいてもらう。

そこまでしてもなお手に入らないものこそ、きっと、一生をかけても消えることのない大きな傷となる。泣きながら、苦しみながら、彼はわたしのことを思い出す。ずっとずっと、わたしは彼の中にい続けることが出来る。

電話のむこうから、由くんのしんどそうな息が聞こえる。

風をきる音が聞こえる。

全ては順調に進んでいる。

ごめんね、なんて自分勝手な言葉がでかかったけれど、慌てて呑《の》み込《こ》んだ。

それはやけにトゲトゲしていて、呑《の》み込《こ》んだわたしの方が泣きそうになってしまった。

❀

腕が痛い。

足が痛い。

心臓が痛い。

汗の粒が額から頬へと滑り落ちる。体は熱く、そして重たかった。

出来るなら、今すぐ足を止めたい。

でも、止めない。走り続ける。

長く続く国道を右折し、下り坂にさしかかった。結構、急な坂だ。気を付けないと、と思う一方で、急ぐ気持ちは止まることを知らない。一歩を踏み入れると、二歩目は僕の制御を振り切り進んでいく。やばい。心臓が一際《ひときわ》大きく鳴った。それでも止まらなかった。宙を飛ぶように前進する。足が地面に着くたびに、いつもの何倍もの衝撃が足に襲いかかる。

そうやって進み続ける足はきしみ、当然のように限界を迎えた。体重を支えることを放棄した右足が、がくりと曲がる。自分の間抜けな声だけがはっきりと聞こえていた。

「あ」

そして、世界がぐるりと回った。

❄

ふー、長く息を吐いた。

時間だけが過ぎていた。

さっきから何度も電話を切ろうと思うのに、出来ないでいるわたしはなんなのか。刻一刻とタイムリミットだけが近づいてくる。ほら、受話器を置いて。彼がここにくることは絶対にないけれど、時間がなくなってしまう。今、死ななくちゃ、彼の中には残れない。

でも、やっぱり体は動かない。

由希。

何度もわたしの名前を呼ぶ彼の声がわたしの腕に絡《から》みついている。

由希。

瞼《まぶた》の裏側で優しく微笑《ほほえ》む彼の顔がわたしの足を重くする。

たくさんたくさん考えた。

たくさんたくさん悩んだ。

そして、わたしはわたしの願いを選んだはずだ。彼を傷つけることが分かっていても。悲しませてしまうと知っていたのに。

それでも――

その時、音が聞こえた。

電話のむこう、回線の先にいる彼の方から。

何かがぶつかる音、うめき声。やがてその声すら聞こえなくなった。

わたしにとって一番思い出したくない記憶が蘇《よみがえ》る。

何もかもを忘れて、思わず彼の名前を叫んでいた。

「由くん、大丈夫、何があったの、ねえ。由くん。返事して」

❀

咄嗟《とっさ》に手の中のスマホだけを必死に握りしめ、体を丸め、その中心に抱え込んだ。おかげで受身がとれないまま地面に叩《たた》きつけられた。左肩を襲う激しい痛みに、思わずうめき声が漏れる。皮膚が削り取られ、体は坂の下まで転がってようやく止まった。

呼吸が出来なくて、必死に口を開ける。一生懸命、冬の冷えた空気を肺に取り込んだ。どれだけ酸素を取り込もうと、息苦しさがなくならない。

走り続けてきついし、体はボロボロ。最悪だった。もう立ちあがれそうもない。肉体的にも、精神的にも。

残ったのは在《あ》り来《きた》りな疑問だった。

どうして僕はこんなことをしているんだろう。

僕の中の誰かが言った。

もういいんじゃないか、と。

由希はきっと辛《つら》かったはずだ。ずっと一人でさ、頑張ってきたんだ。そんな彼女の最後のわがままくらい聞いてやれよ。

諦めの言葉ばかりが浮かんでくる。

大体、見つけてどうするつもりだったんだ。由希の決意を曲げるだけの覚悟が僕にあるのか。

言い訳ばかりがあふれてくる。

僕はよく頑張ったよ。きつい思いをして、ボロボロになってさ。もういいだろう。

ここで終わったって、誰も文句なんて言わないさ。でも――。

たった一つ、手のひらにあるスマホから、由希の声が聞こえてきた。どうしたの、大丈夫。本気で心配している声。ねえ、由くん、返事してよ。

体を何とか動かし仰向けになってゆっくりと目を開くと、凛《りん》と輝く月が視界に入り込んできた。月が僕を照らしていた。

シリウスが輝いていた。

アルデバランを見つけた。

やけに頭の中がすっきりした。頭の中の声は遠くなり、一人の女の子の声だけが聞こえてくる。ああ、なんだよ。そんなに心配しなくても大丈夫だよ。でも、そんなことがたまらなく嬉《うれ》しい。

名前を呼んだ。

彼女が僕の名前を呼ぶように、僕もまた。

「由希」

「何？」

「君はひどい人だ」

由希はやっぱり震える声で、ふふっと笑っていた。全然楽しそうじゃなかった。

「わたし、言ったよ？　もうずっと前だけど、消えてしまったけど、ひどいことをしようとしてるってちゃんと言ったよ。わたしの言葉を信じちゃダメだよって、言ったんだよ？」

「僕はその時、なんて答えたんだ？」

「……明日も会えるって、そう、言った。言って、くれた」

「バカだな、僕は」

「そう、だよ。バカ、なんだよ。だから。こんな悪い女に。目をつけられるんだよ」

「うん。本当にバカだ」

もっと言いたい言葉があったはずなのに。

言わなくちゃいけない言葉があったはずなのに。

「僕は君が好きだって言えばよかったのに」

「……どこまで、あなたは変な人なの」

いいさ、それで。

だって、君は変な人が好きなんだろう。

なら、僕は変な人でいい。

「うん。僕は君のことが好きな変な奴《やつ》だ。たくさん嘘《うそ》をついたかもしれないけど、たくさん約束を破ったかもしれないけど、それだけは絶対に本当だ」

少しの沈黙の後、由希は、小さく、うん、と言った。知ってる、と。

「だから僕は由希のところへ行くんだ。僕は君がどんなことを思って、考えて、悩んで、苦しんで、そんな決意をしたのかなんて分からない。だけど、僕はこれからも何度も君と出会って恋をして、生きていきたい」

昔、と言っても四年前、欲しいものを欲しいなんて言えない少年がいた。大抵のことは我慢出来たし、諦められた。でも、そんな少年は今はもう、この世界のどこにもいない。

僕は耐えられないから。由希が泣いているのが耐えられないから。

大好きな女の子が泣かずにすむのなら、自分の全てを懸けたって惜しくはないんだ。

僕はようやく手にしていた。

心の底から欲しいと思えるものを。

失うことが怖いと思うものを。

自分の全てを懸けられるだけのものを。

由希と出会ったから。


由希と、出会ったから？


途端に、頭の中でいろんなことが繫《つな》がっていく。点と点が結ばれ線になる。今、僕の瞳に映る星座のように。オリオンの輝きを、僕は捉えた。

いつか一人で図鑑と星々を照らし合わせ、繫《つな》いだことがあった。でも、僕は本当に一人だったのか？　きっと、違う。

見つけた。

思わず叫んでいた。そうだ。僕はようやく見つけたのだ。

「由希。君は全てがなくなるなんて言ったけど、そうじゃない。僕から何もかもを奪ったなんて言ったけど、そうじゃなかったんだ」

今なら心の底から言える。君の言葉を信じられるって。

「だって僕が今、ここにいる」

「何が、言いたいの？」

由希のとまどいが伝わってくるけれど、かまわず続けた。

「一週間前。僕たちはあの空き地で出会った。それは偶然なんかじゃないんだ。だってあの場所には、シロが眠っていたんだから。僕が足を止めたのは、あそこにシロを埋めたからだ。由希がもし四年前に僕を頼らなかったら、僕たちはきっとあの場所で出会っていない」

電話のむこうで、由希が息を呑《の》むのが分かる。

「君がいたからこそ、シロは孤独に死なずにすんだ。君が決意したからこそ、陽のあたる場所で眠る事が出来た。そして君が勇気を出して声をかけ続けてくれたからこそ、僕は今、ここにいる。全部、繋《つな》がっているんだ。君はさ、もうずっと前から、僕の中にいたんだ」

僕は一人でいろんなところに行った。いろんなことをした。思い出の中の僕はその全てが楽しかった。それは隣に由希がいたからだ。大丈夫だよ、由希。大丈夫だ。君が僕から奪ったものなんか何もない。それどころか、たくさんのものをくれたんだ。

たった一人の女の子が全てを懸けて、僕を今の僕に変えてくれた。

ぽつりと由希が呟《つぶや》いた。

「わたしは由くんの中にもういるの？」

「ああ、そうだ。君はいる。ここに、僕の中に」

「……そっかあ。だったら、もう。わたしのこの人生は——」

「由希？」

「ううん。なんでもない。それよりも、ねえ、由くん。最後のお願い、やっぱり変えてもいいかなあ？　もし本当にわたしがあなたの中にいるのなら証明してみせて。わたしのところにきて。お願い。名前を呼んで」

一度だけ、きゅっと目を強く瞑《つぶ》った。そして目を開ける。驚くほど視界は晴れていた。

「ああ、すぐに行く。すぐに行くから」

「……待ってる」

右手にぐっと力を入れる。熱を感じた。長い時間電話しているからか、スマホが少しだけ熱を持っているらしい。熱いってほどじゃない。ちょうど由希の手のひらくらいの温度。

僕はそれを強く握り締めた。

離さないように、離れていかないように、僕は強く握り締めなくちゃいけないんだ。

だって――

その熱を、僕たちは〝恋〟と呼ぶのだから。

手を地面につけ、立ち上がる。

っつ、はあ。体中が痛い。泣きそうだ。でも、一歩を踏み出す。二歩目を踏み出す。歯を食いしばり、ゆっくりと加速していく。

中学の前を走る。いつだったか、ここで一人、何度も何度も誰かの影を追いかけていた。

——いない。

部活帰りによく通ったコンビニの前を通る。いつだったか、僕は一人でアイスを食べた。

——いない。

行きつけの本屋を過ぎていく。いつだったか、一人で小説の新刊を買いにきた。——いない。

図書館がいつのまにか背後にあった。いつだったか、一人きりで数学の課題と格闘した。

——ここでもない。

ゲーセンもカラオケも、ボウリングも、バッティングセンターや映画館を追い抜く。——どこにもいない。

この町には、一人で過ごした記憶があふれている。

由希の姿はどこにもない。

僕は孤独だった。

けれど、今の僕はそこに、誰かの面影を見ていた。消され、代わりに何かを埋められた一人分の空白。それでも確かに笑い声がした。楽しそうな男の声と、僕の好きな女の子の声。

丁字路を右折する。僕は真っ直《ます》ぐに走っていく。いつだったか、やっぱり一人でこんな風にこの道を走ったことがある。でも、きっと、あの日、その先には由希がいたのだ。はあ、はあ。

必死に足を動かす。前を見る。なくした日々が由希へと繋《つな》がる道だ。

今、そう信じている。

遠くに公民館が見えてくる。

小さな掲示板が見えてくる。

暗闇の中、ぼんやりと光っている公衆電話も見える。誰かいる。影しか分からないが、電話をしている。見つけた。息を吐き出す。

手を伸ばす。

もうちょっと、あと少し。


それなのに、どうして――


時計の針は、止まってくれない。

まだ僕たちの間にはいくらかの距離がある。由希の顔が見えない。由希の声が聞こえない。

僕の声も届かない。ここに僕はいるのに、由希は僕に気付かない。

ぶわっと感情があふれ出た。

焦《あせ》り、悲しみ、怒り。それから恐怖。

呼吸がしづらい。息が吸えない。声が出ない。終わりの文字が脳裏をかすめる。嫌だ、嫌だ、嫌だ。こんな最後なんて、嫌だ。

不意にずっと黙っていた由希が言った。

電話越しの声だった。

「今までずっとありがとう。わたしさ、楽しかったよ。本当に本当に楽しかった。生きてきてよかった、て思えるくらいに、あなたと出会ってから本当はずっと楽しかった」

何でそんな終わりみたいなこと言うんだよ。まだ終わりじゃないんだ。まだ終わってないんだ。由希はまだここにいる。ここにいるのに。

「本当はさ、もうどれもわたしが手に出来ないはずのものだったんだ。でも、空っぽだったわたしには、今、こんなにもたくさんの思い出がある。冬の海に行った。二人でいたから、寒くなかった。映画にだって出た。二人で映ったから、楽しかった。初めての雪合戦は、すごくわくわくしたよ。美味《おい》しいものもたくさん食べた。言い訳するわけじゃないんだけど、わたし、本当はそんなにご飯食べる方じゃないんだよ？　でも、由くんの隣で食べるご飯は、とびきり美味《おい》しくて、つい食べ過ぎちゃうの。食べるってことは生きるってことだから」

足りないだろう。もっともっとさ。一緒にいろんなことをしようよ。美味《うま》いもの、たくさん食べようよ。だから。

「たくさん手を繋《つな》いだね。由くんの手はいつも温かくて好きだったな。心臓が破裂するんじゃないかってくらいドキドキもしたけど、それが心地よかったんだ」

由希の手は冷たかったよ。でも、すぐに温かくなったんだ。僕はそれが嬉《うれ》しかった。

「実はね、生まれて初めての恋だったの。そんな人に好きだって言えた。好きだって言ってもらえた。わがままも言った。たくさん甘えたんだ。男の人に甘えるってなんだかいいね。うん。それはさ、すごく気持ちがいいことだった」

僕も初めての恋だった、なんて言えたらいいけど、多分、違う。僕は二百十四回、恋をしてきたんだと思う。同じ人に。君に。

「初めてのキスが放課後の教室なんてドラマチックだよね。そういえば、ファーストキスはレモンの味だって漫画に書いてあったけど、あれ、絶対に違うと思うの。恥ずかしくて、嬉《うれ》しくて、味なんて分かるはずないよ。それとも由くんは分かったのかな？　わたしとのキスは何味だった？」

分かるわけ、ないだろう。

ねえ、由くん。

由希が僕を呼んだ。

「……こうしてみると、わたしたちの恋って結構、普通の恋だったよね。普通の男の子と、普通の女の子がするみたいなさ。それこそどこにだって転がっている物語。でも。ううん。だからこそ、この日々には、この一瞬には、わたしの全てを懸《か》けるだけの価値が確かにあったんだ。あなたのおかげで、わたしは今、こう言うことが出来るよ。えへへ。なんだか照れるね。でも、ちゃんと云《い》うから。聞いて。わたしの人生は。わたしと由くんの、この眩《まばゆ》いたくさんの日々は」

きっと、その言葉を言う為《ため》だけに由希は生きてきた。


——世界で一番幸せな恋の話でした。


由希の声はもう震えてはいなかった。

やがていつものように凛《りん》とした、僕が愛した由希の声が、別れの言葉を告げる。

同時に胸が裂かれるような傷みが、熱に変わって僕の頰を滑り落ちていった。

「なんでそんなこと言うんだよ。僕はまだ君といたいんだ。だからさ、頼むよ。生きろよ。生きてくれよ」

届いているだろうか。

聞こえているだろうか。

まだ僕らは繫《つな》がっているだろうか。

あと少しでいいんだ。多分、あと少しでも何かきっかけが、時間があれば、由希は思い直してくれるのに。その何かが足りない。

「待ってるから。ずっとずっと待ってるから。君が僕の名前をまた呼んでくれるのを」

ズキンと膝が痛んだ。漏れそうになるうめき声を咬《か》み殺《ころ》す。膝がガクガクと震え、力が入らない。傷口から血液と一緒に力が流れていくかのよう。体のバランスが崩れていく。倒れないように歯を食いしばるだけで精いっぱいだった。

なんでだよ。なんで、今なんだ。動けよ。もう一生歩けなくなってもいいから。由希のところへ行かせてくれよ。頼むから。好きな女の子がそこにいるんだ。

「……好きなんだ。君が好きなんだ。誰よりも、何よりも。君が、君のことが」

僕は叫んだ。

世界で一番大切な人の名前を、眼前に灯《とも》る小さな光に向かって。

届けと願いながら。

「ユ、――」

今の僕に出来るのは、たったそれだけだった。

瞬間、世界が音もなく変わっていった。

その永遠が濃縮されたような一瞬に、僕は一人の少女が見ていた夢を見る。

僕に好きだと言った由希。

手を繋《つな》ぐ理由を探していた由希。

雪合戦をしたんだ。

遊園地に行ったんだ。

誰もいない教室でキスをしたんだ。

待ってるって、言ってくれたんだ。なのに、僕は――。

記憶が、思い出が、由希の声が仕草が表情が、一つ一つ降って、触れて、積もることなく消えていく。手の中から零《こぼ》れていく。ああ、待って。待ってくれ。

やがて、最後の言葉が溶けて落ちた。

「バイバイ、由くん。あなたのことだけをずっと想《おも》っていました。椎名由希は、瀬川春由のことを世界で一番愛しています」

脳裏に由希の笑顔が浮かぶ。僕の中にあった由希の最後の欠片《かけら》だった。

足がスピードを緩めていく。立ち止まるまで、そう時間はかからなかった。

続く言葉、あと一音。

なのに、僕はもうその言葉を知らずにいた。

世界が僕から何を奪っていったのか、そんなことすらも知らないでいた。

❀

荒れた息を整えるべく、深く呼吸をする。

僕はどこに行こうとしていたのだろう。

途端に膝がズキンと痛んだ。さっきこけてすりむいたところだった。派手に転がったから、体中傷だらけだ。痛みに弱い僕は涙を流し、それでもどこかへ走っていた。結局、足は止まってしまったわけだけれど。

本当に、何してるんだろうな、僕は。

「ああ、くそ。痛いなあ。痛くて、痛くて、泣いてしまいそうだ」

泣いてるくせに強がる声が、誰にも届かず消えていく。

天高く、半分に欠けた月の光が、何も知らない僕の瞳の中で滲《にじ》んでいた。

❄

電話の回線が音もなく切れた。

世界が今まで何度もやってきたように、無慈悲にわたしと彼を断絶する。

立っていることさえ出来なくて、わたしは電話ボックスの中でしゃがみ込んだ。もう我慢しなくていいんだ。体を丸めると、自分の呼吸をする声だけがやけに大きく聞こえた。それすらも段々と遠くなっていくと、耳の奥で鳴り響く声だけが気になった。幻聴だった。分かっている。でも。

それはあまりに小さいくせに、夜空に輝く星のように心の真ん中で輝き続けていた。

待ってると、生きろと。

わたしに向かって、なお叫び続けている。

消えてしまったのに。

全部、全部、なかったことになったのに。

どうしてわたしの心を未《いま》だかき乱すのだろう。

彼は意地悪だ。嫌な人だ。ああ、それでも。

世界で一番、変な人。

気付けば、わたしは笑っていた。笑えていた。

そうか。わたしはもう一人でだって笑うことが出来るのだ。

この両手いっぱいに、持てるだけのものを持っているから。

辿《たど》りついた場所は、由くんに導かれたこの場所には、最初に望んでいたものよりもずっと素敵な結末が満ちていた。だって、これから先の未来で、彼もきっと笑っている。わたしの残したたくさんの時間と一緒に。だから、もう満足だ。

涙をごしごしと拭いて立ち上がる。

そうしてポケットに手を入れたら、固いものが指の先に触れた。なんだろうと取り出すと、チョコレートだった。どこにでも売っている、なんの変哲のないもの。たった百円ちょっとの、まだ名前すら知らなかった男の子がくれたわたしたちの始まり。

「もしよかったら、チョコくれないか?」

期待に満ちた声。

「当たり前だろう。その、彼女からのチョコなんだから」

照れた顔。

ああ、これだけは届けないと。だって、約束だから。嘘《うそ》ばっかりついてきた少年も、最後の最後に一つだけ約束を叶《かな》えてくれたではないか。

名前を、名前の半分だけを呼んでくれた。

たった一音だけだったけど、確かに聞こえたのだ。回線を通した声じゃない。彼自身の真《ま》っ直《す》ぐな声だった。だから、わたしも約束を果たそう。お父さん、お母さん、宇美《うみ》、もう少しだけ、あと少しだけ待ってくれるかな。

電話ボックスを出ると、視界の端に名前も知らない誰かの姿を捉えた気がしたけど、確かめることはしなかった。その誰かが立ち止まっている方とは逆向きに歩き出す。

遙《はる》か天上、半分に欠けてしまった月の光が、わたしの瞳の中で滲《にじ》んでいた。

綺麗《きれい》な月。

心の底からそう思う。

随分と久しぶりに、わたしは世界のことを狂おしいほど愛《いと》しく感じた。

幼いわたしが生きていたいと願った世界だ。

Epilogue

ユキの匂い

朝、いつものように起きて、朝食を食べて、顔を洗ったところで唐突に自覚した。いや、分かってはいたんだけど、ようやく心が現実に追いついたって感じ。

三年間着続けた学生服の袖に、もう腕を通すことはないのだと。

二月の終わりには二次試験があった。一週間も経《た》たないうちに卒業式で、昨日が合格発表。慌ただしく日々は過ぎていく。

パソコンで番号を確認するつもりだったけど、職場でこっそりと確認していた父さんの方が早く結果を知り、僕は自分の合格を電話で知った。おめでとう。電話越しの父さんの声は震えていた。ありがとう。たったそれだけの短い会話。電話を切ってから、ふつふつと喜びがわき上がってくる。

僕はそのままベッドに寝そべり、オレンジ色のライトに手を伸ばした。手のひらに微かな熱を感じ、ぐっと握る。まるで何かを掴《つか》んだような気になる。手を開く。何もない。いや、でも。

僕は、確かに何かを掴《つか》んだのだ。

シャツにジーパン。それから一応カーディガンを羽織って、三年間通った学校への道を歩いた。二月半ばには雪が積もったというのに、季節はもう春の方へと駆け出している。

暖かな日ざしの中に、雪の姿はどこにもない。

水に溶かしたような薄い色の空を見ながら歩いていると、見知った顔に会った。

一週間ぶりということになるのだろうか。それまでは毎日顔を合わせていたというのに、不思議なものだ。人と人との繋《つな》がりなんて、望まなければこんな風に容易《たやす》く解けてしまうものらしい。だからどうしても諦めきれないものだけは、何度も手を伸ばし続けなくてはいけない。

「やあ、おはよう。朱音《あかね》」

手を上げると、むこうも手を上げて返してくれた。

「おはよ。こんな朝早くから何してんの？」

「合格の報告をしに学校に行くんだ。昨日、発表だったから」

「真面目だよねえ。あたしは電話で済ませたよ」

「先生たちにはお世話になったしね。いい報告は直接したいじゃないか。よかったら、朱音も一緒に行かない？」

「いいよ。朱音さんは心優しいから、付き合ってあげる」

「ありがとう」

平日の昼間は人通りが少なく、僕たちの向かう先に小さな人影が一つ見えるくらいで、他には誰もいなかった。一歩近づけば、むこうもこちらへと歩いてきているのか、影が少し大きくなった。それでもまだ、性別すら分からない程度に離れている。あの影は僕たちとすれ違うまでこちらに歩いてくるだろうか。それとも途中で曲がってしまうだろうか。

そんな風にどうでもいいことを、なんとなく考えていた。だからこそ、口に出来た言葉だったのだろう。

「朱音。怒らないで聞いて欲しいんだけど、いい？」

「ダメ。って言っても意味ないくせに。ハルって結構いい性格してるよね」

「どうも」

「いや、褒めてないから。嫌味だから」

「もちろん分かってるさ」

胸を張って言うと、何かを諦めたように朱音はため息をついた。

「で、聞きたいことって？」

「二月十四日のことなんだけど。僕にチョコをくれたりなんか」

一言一言口にするたび、朱音の機嫌が目に見えて悪くなっていった。様子を見ているだけで答えは分かる。ああ、本気で怒っている。いや、拗《す》ねているのか。

「してないですよね」

言い切るのと同時に、朱音が思い切り僕の頰をつねりあげた。とにかく痛かった。

「自分が振った女の子になんてこと聞くの」

「だから怒らないでって言っただろう」

「無理」

朱音はさらに空いている手で、僕のもう片方の頰もつねった。それから、ウイーンウイーンなんてふざけながら、僕の両頬を逆向きに引っ張った。何なの、これ。地味に痛いんだけど。

やがて、朱音はぷは、と口を開けて笑った。ブサイクーなんて言っている。

「あー、おかし。たくさん笑わせてもらったから、これでおあいこにしてあげよう。で、何だっけ。ああ、そう。ハルは十四日にチョコを誰かにもらったのね？」

「ふぁい」

頬を両方に引っ張られているせいで口が開かないから、まともに話すことも出来ない。朱音にもそれが分かったらしい。ようやく手を離してくれた、と思ったら頬を両手でパンと叩《たた》かれた。さっきまでの五倍は痛い。

「誰にもらったか分からないってことは、間接的にもらったってことよね」

僕は自分の頬をさすりながら頷《うなず》いた。

「うちのポストに入ってた。朝刊を取りに行った時に気が付いたんだ。差出人は書いていなかったけれど、多分、僕が毎朝ポストに新聞を取りに行ってることを知ってる人なんだと思う」

どこにでも、そう、近所のコンビニにも売っているようなチョコレート。ラッピングすらしていない。中学生の時によく食べていたチョコだったけど、味は少しだけ違う気がした。なんだかとても甘かった。

「あたし、ハルが新聞を取りに行ってることなんて知らないよ」

「ふむ。朱音じゃないとすると誰だろう」

「誰からだって、いーんじゃない？　きっとさ、届けるだけで、その子は精いっぱいだったんだよ。それがちゃんと届いた。うん。それだけで報われる恋もあるんだ。両思いになれなかった恋が全部、意味のないものだなんてあたしは思わない」

そんなことを言われてしまえば、僕にはもう追求することが出来なくなってしまう。

朱音の勇気に、想《おも》いに、僕は応えることが出来なかった。でもそれはしかたのないことだった。だって、僕は――。

「怒られついでにもう一つだけいい？」

「……どうぞ」

「人を好きになるってどんな感じ？」

朱音はじっと僕を見た。

「僕は恋をしたことがないから」

この十八年間、そんな気持ちを人に抱いたことがなかった。

世界を敵に回してもいいと思えるような熱を、胸を焦がすという傷みを、僕は未《いま》だ知らない。

でも朱音は、大丈夫、あんたはちゃんと恋を知ってるよ、なんて僕の言葉を否定した。

「あの時のハルはさ、あたしの告白を断った時のハルだけど、誰かに恋をしてた。ううん。もしかしたら恋じゃなかったかもしれないけど、同じだけの熱量をもった何かがハルの中にはあった。あたしよりも大事な何かがきっとあったんだ。だからハルはあたしの告白を断った」

前を行く朱音がふいっと振り返る。彼女の後ろ姿が続きを紡《つむ》ぐ。

「女ってね、とても強くて、でも弱くて、とびきりバカな生き物だとあたしは思うの。男の子には分からないでしょう。宝石を引き出しにしまって、たまに眺めるだけで満足しちゃう女の子の気持ちなんて。そーゆーものが胸の奥に一つでもあれば、女ってどれだけの絶望があっても生きていけちゃうんだよね。ハルの熱は、きっと誰かのそーゆーものになったんだと思うよ」

「大げさだ。それに何の根拠もない」

「うん。だけどもっと別の、もっと説得力のあるものがある」

「何？」

「女の勘」

朱音はそれっきり黙ってしまった。その背中に、これ以上は何も聞くなと書いてあった。

その時、随分と遠くにあったはずの人影が僕たちとすれ違ったことに気付いた。それなりの時間、話をしていたということだろう。人影はどうやら女性のようだった。長い髪の先が僕の視界の端に一瞬映って、視界の外へと抜けていく。だからどんな顔をしていたのかすらも分からなかった。甘い春の香りだけが、彼女がそこにいた証《あかし》のように残っている。

途端に僕の背中を押しながら、ざあっと風が吹いた。

その風に乗って声が聞こえた。

ただ一言。

由《よし》くん。

と、僕の名前の半分だけを呼んだような気がした。

初めて聞いた呼び方に、慌てて振り返る。振り返った先にはもう誰もいない。立ち止まった僕に気付き、朱音もこちらへとやってきた。

そして僕たちは二人揃《そろ》って言葉を失った。

あまりに美しい光景がそこには広がっていたからだ。

春の風の中で、白い光の粒のような何かが世界を祝福するように輝いている。

ひらひら、ひらひらと。

まるで雪の欠片《かけら》みたいに、

——桜が舞う。

手のひらを広げ、ゆっくり握って開く。そこに白いひとひらの花弁が乗っていた。花弁は手の熱で溶けることなく、再び風を摑《つか》まえてどこか遠くへ飛んでいく。

僕の手の届かないところへ。

少しだけ寂しくなるのは、何でだろう。

ふーっと息を吐いて、それから思い切り春の空気を吸い込んだ。

「雪の匂いがする」

「いや、しないでしょ。雪なんて降ってないし。これ、桜の匂いだよ」

僕は今年の冬に、小学生たちと雪合戦をしたことを思い出していた。

チーム分けの為《ため》に使われた桜の香水。その甘い匂いを染《し》み込《こ》ませた雪の玉を顔にさんざんぶつけられ、強烈な痛みと冷たさと共に春の香りが僕の脳に刻み込まれた。

春の香りのする雪なんて、決して一緒にいられない二つが確かに交わっていたなんて、面白いじゃないか。変なんかじゃ、決してない。

それはまるで世界が必死に隠した秘密のようで――

多分、奇跡なんて呼ばれるものだ。

ふふっと思い出し笑いをしながら、僕は朱音の言葉を否定する。

「いや、ユキの匂いだよ」

僕はこれからずっと、春がくるたびに消えてしまった雪のことを思い出すのだと思う。

たったそれだけのことが、どうしてかたまらなく嬉《うれ》しかった。

fin

あとがき

初めまして。

この作品が、この一言が、僕からあなたへの最初の『Hello』になります。たくさんの出会いを重ねるこの物語で、皆様に出会う事が出来て本当に嬉《うれ》しいです。葉月文《はづきあや》といいます。

今後ともよろしくお願いしますね。

さてさて。あとがき、ということで何を書こうか悩みましたが、ページも少ないので僕とこの作品とのエピソードなんかを一つだけ。

まだ肌寒い2017年の3月末。WEBでの投稿を終えた後、デビューを夢見てこの作品の改稿を続けていたある日のこと。ヒロインの名前を漢字に変換しようとした僕は、タタタンと勢いよく変換キーをいつもより多く押してしまったのでした。

結果、画面には小学校で習うたった一文字の漢字が表示されていました。由希ではなく、雪でもなく。それを見た時、ああ、そうか。と思わず一人で笑いました。

恥ずかしながら、この時になって僕はようやく、自分の書いた物語の本質に触れたのです。最後に彼女が残した言葉が、由希の心からの言葉なのだと知りました。目には見えないけれど、彼女は確かにここにいたのだと思いました。

だから、彼女はとびきりの笑顔でこう言うのです。

これは、幸《ゆき》のような恋の話なのだと。


では、このあたりで謝辞を。

この作品に『金賞』という有難《ありがた》い箔《はく》をつけてくださった審査員の方々を始め、たくさんの情熱をこの作品に注いでくれた担当編集の船津さん、素敵な由希《ゆき》や春由《はるよし》を描いてくれたぶーたさん。僕にとっては伝説《レジエンド》の一人であるデザインの鎌部さん。尽力してくれた全ての方々。この本は世界で一番特別な一冊になりました。一人の本好きとして、これほど嬉しい事はありません。

ありがとうございました。

もちろん、本を手に取り、読んでくださったあなたに一番の感謝を。

たとえば、夏の一番暑い日に、どこかの秋の文化祭で、あるいは雪の降る夜に、かすかに春の匂いがした朝に、少しでも彼女のことを思い出してくれたら。

この物語にとっても、僕にとっても、それ以上嬉しい事はありません。

「突然だけど、お願いしてもいいかな？」

いつか、桜の香りと共に、そんな声が聞こえたら。

雪のように美しく、幸《ゆき》のように笑う少女のことを――


２０１７年12月。彼と彼女の出会いの日に。葉月文

◉葉月　文著作リスト

「Hello,Hello and Hello」（電撃文庫）

本書に対するご意見、ご感想をお寄せください。

電撃文庫公式ホームページ 読者アンケートフォーム
http://dengekibunko.jp/
※メニューの「読者アンケート」よりお進みください。

ファンレターあて先
〒102-8584 東京都千代田区富士見1-8-19
アスキー・メディアワークス電撃文庫編集部
「葉月 文先生」係
「ぶーた先生」係

初出

本書は第24回電撃小説大賞で《金賞》を受賞した『Hello,Hello and Hello』に
加筆・修正したものです。

電撃文庫

Hello《ハロー》,Hello《ハロー》 and《アンド》 Hello《ハロー》

葉月《はづき》 文《あや》

2018年3月10日　初版発行

発行者	郡司 聡
発行	株式会社KADOKAWA 〒102-8177　東京都千代田区富士見2-13-3
プロデュース	アスキー・メディアワークス 〒102-8584　東京都千代田区富士見1-8-19 03-5216-8399（編集） 03-3238-1854（営業）
装丁者	荻窪裕司 (META＋MANIERA)
印刷・製本	旭印刷株式会社

ISBN978-4-04-893612-5　C0193　Printed in Japan

電撃文庫　http://dengekibunko.jp/
株式会社 KADOKAWA　http://www.kadokawa.co.jp/

電撃文庫創刊に際して

文庫は、我が国にとどまらず、世界の書籍の流れのなかで〝小さな巨人〟としての地位を築いてきた。古今東西の名著を、廉価で手に入りやすい形で提供してきたからこそ、人は文庫を自分の師として、また青春の想い出として、語りついできたのである。

その源を、文化的にはドイツのレクラム文庫に求めるにせよ、規模の上でイギリスのペンギンブックスに求めるにせよ、いま文庫は知識人の層の多様化に従って、ますますその意義を大きくしていると言ってよい。

文庫出版の意味するものは、激動の現代のみならず将来にわたって、大きくなることはあっても、小さくなることはないだろう。

「電撃文庫」は、そのように多様化した対象に応え、歴史に耐えうる作品を収録するのはもちろん、新しい世紀を迎えるにあたって、既成の枠をこえる新鮮で強烈なアイ・オープナーたりたい。

その特異さ故に、この存在は、かつて文庫がはじめて出版世界に登場したときと、同じ戸惑いを読書人に与えるかもしれない。

しかし、〈Changing Times,Changing Publishing〉時代は変わって、出版も変わる。時を重ねるなかで、精神の糧として、心の一隅を占めるものとして、次なる文化の担い手の若者たちに確かな評価を得られると信じて、ここに「電撃文庫」を出版する。

1993年6月10日
角川歴彦